京武久美論

弱の俳人　強の俳人

北方新社

京武久美論　――弱の俳人 強の俳人――

目次

京武久美論

――弱の俳人 強の俳人――

小声

京武久美の句は、おおむね、やわらかなようである。私がその自選句集『二月四日』（文學の森、二〇〇九年）のなかでまず惹かれたのは、次のような、しずかなひそやかな句であった。

ががんぼやけむりのようなかくれんぼ

この句は、実際には、ゆったりと、三行に分かち書きされている。これが、三行詩のように書かれているのは、各章のエピグラフをなす句のつねとして、第二章のエピグラフをなしているからである。

ががんぼや
けむりのような
かくれんぼ

このやわらかさ、ひそやかさは、ひらがなで書かれているところからくるのであろうか、あるいは、ガガンボという、蚊を数倍大きくしたお化けとでもいうべき、とはいえ血を吸うこともない、プーンという耳障りな羽音をたてることもない、たよたよと飛び回るばかりの、あの弱々しい昆虫のイメージからくるのであろうか。あるいはまた、けむりというつかみどころない実体あるいは非実体がそうさせているのであろうか。ところで、かくれんぼをしているのは誰（あるいは何）であろうか。ががんぼ、ではないだろう。「や」という切れ字でもって、句は上五でいったん停止するからである。けむりでもないだろう。けむりは、かくれんぼの比喩でしかないからである。誰が（何が）隠れているのか、見つけだされるのは誰か（何か）。この問いは後回しにしよう。これについては、〈最後に〉でもう一度ふれることになる。

本章で注目しておきたいのは、まず、「ががんぼや／けむりのような／かくれんぼ」

にみられる句調である。その音の響きは、小声、というしかない。低くはあっても、その声には、耳元で囁かれる声のがさつきも、不用意に発せられる独り言のあの軽率さもない。

その音調が小声であると感じられるのは、掲句が、伝えなくてはならないこれといったメッセージを含んでいないからだろうか。かがんぼを前にしながら「けむりのような／かくれんぼ」とつぶやく。ここでは、なんの大事件も起こっていないようにみえる。しかし、それならば、作者はなぜあえて「ががんぼや／けむりのような／かくれんぼ」という句を提示するのか。

追いかけては追いかけられるこのかくれんぼは、輪であるならば径を縮め、けむりであるならば形を崩し、螺旋であるならば捩れをゆるめ、消え去ってゆく。ディミヌエンドの美しさといってもよいだろう。だが、美とは結論なのではなく、そこから探求がはじまる出発点である。だから、私は、この小著の標題に――この句の美しさに惹かれながらも――美という語をもちいなかった。

句集『二月四日』は、このような小声でばかり編まれているのではない。その作者は、俳人のつねとして、截然と断言することもあり――俳句は短い言葉の特性として断言を事とする——、おそらくは確信犯としてであろうが、嘆いたり、吐息を漏らしたり、また時には大声で叫ぶようなこともある。であるから、本書の副題「弱の俳人　強の俳人」は「小声の俳人　大声の俳人」でもよかったかもしれない。ただ、句調の強弱は、たんなる音声の大きさとは違うので、備給されたエネルギーの大きさという含みをもたせて、これを「弱の俳人　強の俳人」とした。

ががんぼを見たというかつての遠い記憶が、私を、この句に結びつける。まだ小学生だったころ、宵闇が薄っすらと室内にしのびこみはじめていたが明かりを灯すほどではないといった頃合いに、私は、白っぽいふすまのうえに、大きな蚊がとまっているのを発見した。私は蚊のお化けが現われたのだと思った。事実、その虫は、すでに述べたように、蚊を数倍大きくしたような形をしていた。びっくり仰天して、私は親を呼んだ。駆けつけたのは父親であったか母親であったか、なんだそんなものといった調子で、ガガンボだ、と教えてくれた。優雅に静かに飛び立ったががんぼを、私は、廊下まで追っていったが、やがてそれは物置のなかへと消え去ってしまった。

ががんぼを見かけたのはこれも含めて四、五回きりである。とくに、大阪に移住してからというもの一度も見ていない。もし、ががんぼという昆虫を知らなかったとしたら——今やこのような人は少なくないであろう——私は、この句を取りあげなかったかもしれない。だとしたら、本書はなかったかもしれない。

出会い

京武久美は、昭和十一年生まれであり、戦時期を少年として過ごした世代に属する。私は、京武の十五歳ほど年下であり、戦争を直接には体験しなかった。とはいえ、戦争の影響を受けた人たちの貧困、立ち上がろうとする意志と工夫から影響を受けた世代に属する。

京武と私はともに青森市出身である。京武は成人してから仙台に居を定めることとなり、私もこの杜の都に少しだけ住んだことがある。だが、年齢差もあってか、直接お会いしたことはない。本章でいう「出会い」とは、面語ではなく、その句集『二月四日』の言葉との邂逅のことである。

俳句関係のことを私は多く、津川あい、すなわち亡くなった母に負っている。今回もまたそうである。母は青森市から転出したことのない人で、『二月四日』は、母が遺したその蔵書の中にあった。京武久美ご本人から直接に献呈されたものである。糊で見返しに貼った「謹呈」の札に、戴いた日付であろう、母の字で「21・9・4金」とある。衆議院選挙で民主党が大勝利した頃のことである。奥付には、文學の森、平成二十一年九月五日発行とある。

大阪に持ち帰るべく京武の句集を本棚から抜きとったのは、それが、カバンに入れてもかさばらない、軽い文庫版だったからである。だが、それだけではない。ちらりと開いてみたときの印象が鮮烈でなかったら、『二月四日』を選ぶことはなかったであろう。とはいえ、二、三百冊ほどある個人句集のなかでも、どうして、『二月四日』を、ちらりとでも開くことになったのか。少し長くなるが説明しよう。

亡くなって一年あまり経ち、もうそろそろいいだろうというので、私は母の本の整理に取りかかった。理由はいろいろあるが、簡単に、本棚のスペースを作りだすためとだけ言っておこう。歳時記はけっこう何種類もあるのだが、基本図書として、これは棚に残しておくことにした。月刊誌は、タイトルごとに分類したうえで、ダンボールに詰めた。市販の小説や評論・エッセーは、著者名とタイトルでほぼ判断がついた。だが、結構な数の献呈本については、どうしたらよいのか。母が生前よく口にしていた懐かしい名前、母が属していた雑誌の同人達――謦咳に接する機会がない場合にも写真で知っている――、各地で催される俳句大会の応募要項に名を連ねている方々、また母を通じても知らない初めてみる名前もある。そのような様々な著者による句集を、私は、どのように整理したらよいのであろうか。捨てるには忍びないが、いつまでもそのままにしておくわけにもいかない。

とりあえず、横にもっていく本と、書架に置いておく本とを仕分けることにした。そのために、私は、片っ端から句集を開いていった。とはいえ、全句ではなく、それぞれ抜き打ち的に選んだ三句だけを読んだ。惹かれるもの、気になるもの、判断のつかない句集は残しておくことにし、心に響かない本は、物置として使っている横のリノリウム張りの部屋にもっていって、平らに積みあげた。

大阪に戻る際、思い出して、京武の『二月四日』を抜きとり、カバンの脇ポケットに滑り込ませたのは、繰り返せば、それが軽く薄かったからでもある。だが、そこには、京武俳句を一読したときの、漠然とした印象、漠然としているだけにこれは何だろうと気をひくあの強烈な印象があずかっていた。『二月四日』の場合、抜き打ちの最初の三句だけではなく、好奇心からあちこちを読んだ。それで、どれが最初の三句だったかを、今となっては覚えていない。

私は、これを、青森から大阪へ飛ぶつれづれのままに機内で読んだ。大阪に戻ってからも、電車のなか、食卓のうえ、散歩の道、電気を消し明かりをつけなおした枕もとでこれを開いた。通読したあとも、切れ切れに浮かんでくる片言隻語を補完し、一句々々を思い出し確認し反芻するために何度も開いた。

私の『二月四日』との出会いは、以上のとおりである。ただ、今のべたことは、ある一つのことを語っていないという点で、不完全である。その不完全さによって、幾分、虚偽であるとさえいってもよい。

実は、京武久美の名をみるのは、それが初めてではなかった。私は以前から、京武という名に興味をもち、畏怖さえ感じていた。その敬意を私に吹き込んだのは、これまた津川あいである。中学生のころであろうか、母が、一段と声を低めながら——そのためか声色もいつもと違うように聞こえた——仙台へいってしまったが、京武というものすごい俳人がいるという内容のことを話したのを覚えている。このことについては、〈伝説〉の章でも述べたいと思う。

中学生のころの私は、母が尊敬するものを尊敬した。こうして、京武久美への敬意が、私の中に刷り込まれてしまった。これが、京武との本当の出会いであるといってよいのかもしれない。

ただ、京武という人の実際については、ありきたりのこと――たとえば仙台在住といったこと――は別として、ほとんど何も知らない。知らないからこそこの本を書く、といってもよい。このことについては、〈あとがき〉で触れたい。

誕生日

最初、『二月四日』という表題が私には変わっているように思われた。二月四日とは、立春のことではないのか。だが、暦の上での春を言いたいのならば、ことさらに二月四日と言いかえなくてもよいのではないか。しかも、この日付は冒頭から、最初の一句から立ちあらわれる。

二月四日絵本のなかを泳ぎくる

分かったような分からないような感じ、これが最初に受けた印象だった。この句が、実は、冒頭の句として、句集を開始させ、全体を予告する長大な詩をなしていることを理解するために、私はかなりの時間を要した。このことを知るためにはまず、句集を全部、最後まで読まなくてはならなかった。だが、この句の、私なりの解釈は次章〈絵本〉に回すことにし、今はただ、『二月四日』の概観をするにとどめよう。
二月四日とは、ずばり、京武久美の誕生日のことである。京武久美は、昭和十一年二月四日、青森市に生れた。同じく「著者略歴」によれば、京武久美は、きょうぶひさよし、と読む。表紙にも、小さなローマ字でHisayosi Kyobuとある。著者略歴の一つ手前の「あとがき」には、こうある。

同人誌「黒艦隊」に発表した創刊号（平成八年五月）から五十八号（平成十七年十一月）までの句を中心に百句選び、句集の題名を誕生日の「二月四日」とした。

表題の由来はこれでわかったとして、ただ、『二月四日』をすみからすみまで読んだ者の立場からすれば、一つ、疑問がある。この選集は、実は、百句からではなく百六句からなっている。なるほど、本体は百句だが、それを構成する六つの章――「耳の章」「我の章」「川の章」「與の章」「都の章」「何の章」――の扉をなす頁のそれぞれに、三行詩めかした、エピグラフをなす句がそえられている。これで、百六句となる。六つとも興味深いのだが、数に加えなかったのは、これは三行詩ではあっても俳句ではない、という謙遜からであろうか。京武の謙遜はつづく。

　　誇示できる句はないが、好きな時に、好きな場所で、気軽にページを開いて貰えれば、最高の幸せである。

　私は、そのとおり、机だけではない様々な場所でこの句集を開いた。シンプルではあるが、印象的なシルバー一色のカバーをはずしてしまうと、『二月四日』はさらに軽くなった。青森から大阪に戻るときそうしたように、出勤時、私はしばしばこのわずか一〇〇グラムの本を（正確には一〇五グラムである）をカバンの脇ポケットに滑りこませた。

　私は、その百六句全部をパソコンに打ち込むことにした。それは、検索用としてである。たとえば、「雪」という単語、「風」という語が、何箇所、どこでどのように使われているかを調べるためである。

このパソコン化には、思わぬ効用があった。全句を、プリンターやコピー機を使って、工夫はいるが、A４一枚の裏表に納めてしまうことができる。私は、一〇五グラムの実物のかわりに、わずか四グラムの紙切れ一枚を持ち歩くことにした。当然のことながら、原物の『二月四日』のほうが、一句一頁という贅沢な構成をとっていることもあって、読みごたえがある。折り畳んだ紙切れは、外出したときの参考用、確認用にすぎない。

夜半に目が覚めたときなど、京武の句の、二語か三語ほどしか思い出せないそのイメージを寝床のなかで追い続けることがある。原句の十七文字に達しえないときも、語を補い、言葉をつらねて、私は、なんとか偽りの仮の句を完成させてみる。そして、一句一頁のぜいたくな余白に、原句を真似た、とはいえ真似しきれていない十七文字を鉛筆で書きとめておく。

小説の場合、読んだばかりの一節なのに、そして内容を十分に理解したはずなのに、その一文々々、一語々々、語の配列を、読んだ際からもう忘れてしまっているということがある。これは誰にでもある現象であることを、蓮實重彦が保証してくれている。

いま自分が読みつつある「文」のたったひとつ前、あるいは二つ前、三つ前の「文」がどのような語の配列からなっていたかを鮮明に記憶しているものはおそらく一人としていまい〔…〕㈠

だが、一語々々の比重がおおきい俳句の場合、句の内容は十分に理解しているつもりなのに、その一字一句までは覚えていない、ということがあってよいものであろうか。少なくとも、否が応でも暗記する——忘れてしまうこともあるのだが一度は暗記してみる——という手続きは、句の理解に役立つように思う。この方法は、たとえば〈エイプリルフール〉の章でのように、句の解釈に不備がないかどうかのチェック機能として働くことがあった。

私はこうして『二月四日』のあちこちの句を、思いつくまま、日常の仕事や習慣からふと解放された時など反芻するようになった。半年の熟成期間が過ぎた。そろそろ、論じはじめる時だ。

㈠　蓮實重彦『『ボヴァリー夫人』論』筑摩書房、二〇一四年、二一頁。

絵本

俳句人生というものへの問い、すなわち、若いころから、一生といってもいいほど長いあいだ俳句を作り続けてきたことへの感慨と屈折が、京武の俳句を難解なものにしているようである。この詩人（こうよぶ理由は本書をつうじて明らかにされていくことになる）は、句作をつうじて、句を作るとはどういうことかを問い続けた。彼は、俳句とは何かを俳句で考えた俳人である。このことの論証および例示は、次章および〈ガラス瓶〉の章などで行っていく。

本章でまず確認したいのは、句集『二月四日』の冒頭から、作者と文学——少なくとも印刷物——との関係について述べられている、ということである。

二月四日絵本のなかを泳ぎくる

誕生日という特別な日に際して、作者は、子供のころに読んだ絵本を思い浮かべている。久美少年は、絵本の世界のなかを、ある時は力いっぱい、ある時は流されながら泳いできた。

ところで、作者が、泳ぎくるといっているのは、いつまで、そしてどこまでなのか。この句を詠んでいる今・ここ、までなのか。それとも「絵本のなかを泳ぎくる」は、誕生日に際しての若いころの回想であり、すでに泳ぎやめているのか。どちらの解釈も、すぐあとでのべるように、十分でないように思われた。

両方の解釈が可能であるという考えも浮かんできたのは、『二月四日』を一旦読み終え、その全体を見渡したときである。誕生日から始まった句集は、再び同じ記念日でもって閉じられる。

二月四日蒟蒻嚙めば殺風景

殺風景とは、一言でいえば、作者の老境であろう。ダシが滲みていないコンニャクのように、覆っている粉飾を一切とりはらってしまえば、人間世界の眺めは、殺風景である。なお、参考までに『二月四日』からもう一つ引けば、類想句に「冬の座敷沢庵噛みしこころかな」がある。こうして、作者は、老境にたっしたときの誕生日から、よくもまあ泳いできたなあと、幼いころを回想している……。

他方、老境と絵本の世界は、齟齬をきたしているようにもみえる。絵本は、擬人化された動物や植物、果物や家具などで飾られており、実に賑やかである。この点で、絵本の美々しい世界と、蒟蒻あるいは冬座敷の句の殺風景な眺めのあいだには、断絶があるようにみえる。

絵本は少年時代のものである。殺風景とは、どちらかといえば老年の境地である。このギャップを尊重すれば、「泳ぎくる」のゴールとしては、過ぎさった若いころの一時点をとるのがよい、ということになる。だが、そのゴールを、たとえば子供時代が終わった地点にとる解釈には、やはり、無理があるように思われる。掲句を詠んだ時点で、現在のこととして、「泳ぎくる」としているからである。

絵本のなかを泳ぐとは、どういうことなのか。何かすっきりしない感じがやはり残ったものの、私はしばらくの間この句をほったらかしにしておいた。ところがある日、散歩をしているとき、次の句も「本」および「泳ぐ」の縁語を含んでいることにふと気がついた。

てんとうむし曝書に溺れ無芸なり

風に曝された本の表面を進む（泳ぐ）、そしてその縁や側面で右往左往する（溺れる）テントウムシこそは、比喩的な意味においてだが、「絵本のなかを泳ぎくる」の主体として相応しいだろう。

虫干しされているのは、もちろん、絵本ではない。おそらくは小説、詩、評論、哲学、俳句、俳論などからなるであろう何十冊、何百冊の本を、作者は、謙遜からか、「絵本」と呼んでいる。あるいは、彼を「芸」達者にすることのなかった本という財産を、絵本になぞらえている。曝書に溺れ無芸なり。

ここで、作者は、良くも悪くも文学の徒である。本をよく読んだという意味でも、本に溺れたという意味でも。とすれば、「二月四日絵本のなかを泳ぎくる」は、自分の一生涯を俯瞰したものである、ということになる。

冒頭の句「二月四日絵本のなかを泳ぎくる」は、結局、これから始まる『二月四日』という句集は文学である、文学のなかを泳いできた者の書である、という宣言となっている。ここには、俳句で文学をやっているという誇りがある。ここにはまた、文学をば俳句でやってきたことへの屈折がまじっているのかもしれない。この屈折については〈ガラス瓶〉の章などでみていくことにしよう。

なお、本書では、作者という語を多用するが、その意味と意図については〈一句鑑賞〉の章で説明する。

束ねて花を

三句目までは句集の順番にとりあげていくことにする。その二句目は、次のとおりである。実は、これは、初めて『二月四日』をぺらぺらとめくったとき、その何だかよくわからなかったバタ臭さによって——これについての考察は〈わが〉の章を参照——目を引いた句である。

春はねむし束ねて花を扉口《とぐち》に置き

上五（字余りのため上六となっているが）の「春はねむし」からは、春眠という人口に膾炙した言い方が思い浮かぶ。また、中七の「束ねて花を」からは、花束という語——日常語でもあるが詩語でもある——が連想される。作者は、これらの心地よく甘ったるい詩語を噛み砕いてゆく。

作者には、一方では、手垢でよごれた詩語への嫌悪がある。他方で、短い形式である俳句は、詩語に頼らなければ、力をもたないことをも知っている。こうして、作者は、大切な人に捧げるべき「花束」と、春眠不覚暁の「春眠」をばらばらに展開し、それが詩語でないようにみせかける。他方、「扉口」に、意味深長な詩語の性格をもたせている。

中七と下五の部分から、一連の行為を思い浮かべることもできよう。あるお宅を訪問する。ピンポーンとベルを鳴らす。しかし、留守なのだろうか、応答がない。そこで、やむをえず、ドアに花束を置き、立ち去る……。このような解釈は一応可能である。だが、この現実的解釈だと、春はねむし、がわからなくなる。というのも、花束をあげたかったほどの大事な人が不在だったのであるから、春の眠さを受け入れるどころか、心は、残念というおもいで掻き乱されるはずだからである。

また、些細なことながら、もう一つ気になることがあった。それは、「束ねて花を」の、多少とも違和感のある語順についてである。「花を束ねて」ならふつうなのであるが。少し長くなるが説明しよう。

既述のように、私は、『二月四日』の一句々々を、できる範囲でだが、またその後忘れてしまってもよいという条件で、暗記しようと努めた。掲句は、最初覚えたとき、「春はねむし花を束ねて扉口に置き」の語順で頭に浮かんできた。この記憶の歪みはおそらく、私の理解不足からきたものであろう。

掲句の「束ねて花を置き」で置かれるのは、「花束」ではなく「花」である。束ねる動作をしながらも作者が置くのはあくまで「花」である。ところが、「花を束ねて置き」だと、「花を」は、「置く」だけではなく「束ねて」の目的語にもなっている。「花を束ねて、そして置く」わけだから、ここから、束ねたその花束——この語は句中では使われていないが——を置くの意味合いも生ずることになる。

通常の「花を束ねて扉口に置き」というような表現では、花は、プレゼント用にくくられて、一束のブーケとなってしまっている。掲句の「束ねて花を扉口に置き」では、束ねる動作のほとぼりが残っており、束ねられる以前の花々がいまだ存在を主張しているように感じられる。つまり、掲句は、既成の花束のイメージを拒む——少なくとも薄める——ものとなっている。だが、これは後知恵にすぎない。私は、やはり、出来合いの花束を不在のお宅のドアの前に置くという、具体的なシーンを思い浮かべてしまっていた。

　これは、どうやら、普通の訪問でないようである、ということは分かってきた。だが、作者は、いかなる状況下で、誰を訪問しようとしたのか。そのヒントをあたえてくれたのが、〈ガラス瓶〉の章で取りあげることになる句であった。ここでは、結論だけを言おう。

　扉口の向こう側にいるのはミューズ——詩の女神——である。作者は、束ねて花を、すなわち、言の葉を詩（もちろん俳句も入る）にしてミューズに捧げる。だが、この気難しい神には、既成の花束も、束ねられていない花そのものも気に入らないはずである。そのような神格は信じられないというのなら、ジャーナリズムと呼び換えることができるかもしれない。

　作者は、ミューズの気まぐれを知りながら、束ねて花を、すなわち俳句をその扉の前に置く。ミューズが簡単に扉をあけるはずはないことは知っている。作者が戸口ではなく扉口とした理由はここにこそあるだろう。受け取られない花を扉口の前に置く行為の繰り返しは、楽しく、苦しく、うっとうしく、かったるく、そして眠い。春そのもののように。

取りたてて、春はねむし、としているのは、春眠暁を覚えずだからであろうか。ところが、作者は、句集によれば、年がら年中眠い人のようである。秋には、うたたねの句がある。「コスモスやうたた寝のほか流れるだけ」。冬には寝坊の句が。「寝坊して師走の魚食う男」。夏の朝の起き立てにも、彼は眠いようである。「蜘蛛の巣に陽を置き忘れ寝惚けいる」。以上の四句は、春、夏、秋、冬にわたっており、こうして、作者にとって、眠くない季節はないということになる。

ではどうして、春はねむし、なのであろうか。四季のことでないとすれば、春は、人生の時期——青春を指す、ということになる。もちろん、俳句のことであるから、季節の春と人生の春は重なっていよう。それにしても、最も華やかであるべき季節が眠いとはどういうことなのであろうか。

春の木瘤は男の愁いはばたきたし

一瞬、あわてん坊の私は「はばたきし」と誤読してしまったがそうではなく「はばたきたし」である。春の愁いは、季節特有の現象であるばかりでなく、飛翔しなかったことへの、男の挫折感からくる。この使い道のない願望は、苛立ちとなり、疲労となり、ついには眠さとなるであろう。以上のようにみてくると、「春はねむし束ねて花を扉口《とぐち》に置き」の束ねて花をは作句行為を、扉口は大志を抱いた青年の閉塞感を、春の眠さは、文学青年の疲労感、挫折感をあらわしている、ということになる。

堤川

三つ目の作品も、二番目と同様、青春の句ではないか、と私は思った。実際には、作者は青年というよりは初老に差しかかっている。『二月四日』は、「あとがき」によれば《同人誌「黒艦隊」に発表した創刊号（平成八年五月）から五十八号（平成十七年十一月）までの句を中心に》選んだものであるから、ほぼ、京武六十代の句集である。

ところが、私は次の句に、青年特有の柔らかでかつ敏捷な心の動きをかんじた。

川越え来てやさしくなれば雪が降る

私は、ここに、堤川《つつみがわ》を見た。もちろん、抽象的な物言いをする俳句のことであるから、作者が渡ったという川に実際の地名を求めようというのは愚問であろう。だが、私には、それが堤川――青森市街を流れる唯一の川らしい川――であると思われて仕方がなかった。

　この思い込みには、まったく理由がないわけでもない。雪がふってきたというが、この降りかたは、仙台よりも青森の雪を思わせる。というのも、仙台や、大阪で見る雪は、やさしさどころか、寒さをしか感じさせない（雪を寒さの記号としてしかみない住民の反応が雪国出身の私にも感染してしまっている）からである。厳寒だけでなく暖かい日――相対的に言って――の現象でもある青森の雪は、寒さの指標であるとはかぎらない。それは、日常茶飯事として、生活そのもののように様々な表情をもつ。ちょうど、大阪では、暑さにも、温度計でははかれないニュアンスがあるように。

　というわけで、私は、ちらちらと降る暖かい雪の中、堤川――あるいはその上流の荒川かもしれない――を渡っていく高校生京武久美を思い浮べた。その高校生はしだいに私自身となっていった……。

　とはいえ、作者が故郷を離れた人であることを思えば、掲句の素材が仙台の雪である可能性は否定できない。だが、少なくとも、ここには、暖かい雪という、雪国の人でなければできない発想が含まれている。

作者がやさしい気持ちになった切っ掛けは、橋の通過にある。作者の雑念は、てくてくと橋の上を歩いて来たこと、まさにそのことによって消えていった。やさしくすべき対象――哀れな人やかわいらしい動物など――が目に入ったからなどではないだろう。理由としては、少なくとも、句には、川越え来てとしか書かれていない。あえていえば、それは、内側から湧くようにして生じてきたやさしさであった。

特別な理由も対象もないという点で、この雪のやさしさは、フランスの詩人ポール・ヴェルレーヌの、あの雨の物悲しさを思わせる。その詩は、「巷に雨の降るごとく」ではじまる堀口大學の訳で有名であるが、私流に訳してみよう。

おれのこころに涙ふる
街に雨降るさながらに
何なんだこの物憂さは
おれの心を刺し貫いて

おおやさしい雨の音よ
地べたに屋根のうえに
うんざりした心のため
おお歌よ　あまおとの

わけもないのに涙ふる
心が失せた心のなかに
何！　裏切りもない？
この悲嘆に訳などない

これはああ最悪の辛《つら》さ
なぜか分からないのは。
愛や憎しみからでなく
俺の心がああ辛いのが

ヴェルレーヌが、もし俳句を作ったならば、「川越え来てやさしくなれば雨が降る」とでもしただろうか。ただ、おおやさしい雨の音よとフランスの詩人は詠ったが、『二月四日』のやさしい雪は音もたてない。

ところで、上五「川越え来て」の表現については、述べたいことがもう少しある。ここで、章をあらためよう。

字余り

実は、前章の句の「川越え来て」の部分は、私にとってなかなかの難物であった。句を暗記しようとしたとき、「やさしくなれば雪が降る」のところは呪文のようにすぐさま頭に入った。だが、「川越え来て」の箇所は、半日もすると、私の頭のなかで変形してしまう。これを「橋を来て」だとか「川越えて」のように五音へと縮めてしまうのが、よくある間違いのパターンであった。私は、その覚えにくさが、字余りという構成からきていることにはたと気がついた。

別な語句でもって句を歪めてしまったということ、これは、論じようという句を、そもそも理解するに至っていなかったことを意味する。ある句を、暗記しようとしたとき、間違って覚えてしまっていたということ、これは、その句をその誤ったかたちで理解していたということである。

この上五が覚えにくかったおかげで、『二月四日』には字余りが多いことに気がついた。百六句のうち、六十ほどに、つまり、半分以上に字余りがみられる。そのうち、ダブル字余りとでもいうべきもの——二箇所で（すなわち上五と中七か、上五と下五あるいは中七と下五のいずれかで）字余りを起こしているもの——が七句、トリプル字余りというべきものが一句ある。字足らずは一句だけである。

一番長いのはおそらく「えのころぐさ近づけば明日は不思議ないろ」であろう。これは、上五、中七、下五のいずれでも規定を越えた、トリプル字余りとなっている。字余りは、作者の好みからくるもののようである。ちょっとした操作で、句が短くなるような場合にも、あえてそれをしない。素人考えからすれば、たとえば「えのころぐさ」を「ねこじゃらし」にすれば、意味内容をかえることなく、六から五へと一音分だけ減らすことができるはずである。だが、作者は、それをしない。

字余りは、異常ではなく、ある条件のもとに許されるという考え方がある。別宮貞徳の『日本語のリズム——四拍子文化論』（ちくま学芸文庫、二〇〇五年）や、坂野信彦（『七五調の謎をとく　日本語リズム原論』大修館書店、一九九六年）の、日本語四拍子論の立場にたてばそうなる。

彼らの論では、日本語話者は、四拍子を好む。四拍子というのは、二音を一つの単位、すなわち一拍としたときの四単位のことである。この四拍が、短歌や俳句のリズムの基本となっている、という。たとえば「松島やああ松島や松島や」(節をつけて読みやすいという理由から私の判断でこの句を例にとる)は、これを「まつ」「しま」「や×」「××」/「ああ」「まつ」「しま」「や×」/「まつ」「しま」「や×」「××」とすれば、×で表した休止の部分も含めると、四拍子となる。ごく簡単に、分かりやすく言ってしまえば、この休止の部分こそは字余りを吸収するスポンジのようなものである。であるから、「てん」「のう」「じや」「××」/「ああ」「てん」「のう」「じや」/「てん」「のう」「じや」「××」でも、四拍子のリズムは乱れない。なお、天王寺は大阪市の地名である。この場合、字余りは、不自然に聞こえない。別宮の言い方をするなら「字あまりは破格にあらず」(一〇二頁)ということになる。

ところで、分かりやすくするために、話を簡単にしすぎた。実は、別宮によれば、「二種類の字あまり」(一〇五頁)がある。すなわち、『二月四日』に例をとれば、一つに「かわ」「こえ」「きて」のパターンが、もう一つに「はる」「は×」「ねむ」「し×」のパターンがある。後者の場合、意味にもとづいた区切り——意味分拍——を無視して「はる」「はね」「むし」とするわけにはいかないので、「はる」「は×」「ねむ」「し×」となる。別宮は、いずれも六音なのに、後者が前者よりも長く感じられることと認めている。その理由として、四拍子論と齟齬をきたすようだが、前者は三拍に、後者は四拍に分けられることをあげている。

字余りの俳句も短歌も、四拍子のなかに納めてしまおうという志向は、両者にみられるものの、別宮よりも坂野のほうが強いようである。坂野のその傾向は、《「はく」「ぼた」「んと」「××」というふうに律読することによって、規定打拍のなかに組み込むことになります》（一四〇頁）だとか、休止からはじまる例であるが、《「×ゆ」「きは」「しづ」「かに」と律読されて打拍構造に組み込まれます》（一四一頁）というような表現からみてとることができる。ただし、『七五調の謎をとく　日本語リズム原論』の著者が休止の記号として用いている・を×としたり、改行を省略するなど、表現上の書き換えをおこなっている。

四拍子論は、日本語のリズムについての理解を深めてくれる。ただ、規定打拍も字余りの拍も同じリズムに帰するというのであるから、この理論をもってしては、どうして『二月四日』の作者が字余りを好むのか、説明することができない。

そこで私は、次のような仮説をたててみた。たとえば、トリプル字余りの句「えのころぐさ近づけば明日は不思議ないろ」の背後にも、定型表現の「○○○○○／○○○○○○○／○○○○○」が潜在的に響いている、と考える。勝手に作文すれば、「ねこじゃらし近づく明日は不思議いろ」のような、すっきりとした、五七五のリズムが。これに比べれば、字余りの句は、回りくどく、もたついた感じがするであろう。このわずかな時間差、このエコーのような遅延によって、作者は、そして読者は、内省するようにと仕向けられる。こうして得られる感慨は、回想、推量、悔恨など様々であって、句によってまちまちであろう。

このような形式的論理が空論である可能性を、私は恐れないわけではない。ただ、以上の論は、『二月四日』の場合、作者が「いる」(「いて」)および「くる」(「きて」)の使用を好んでいることと関係してくるように思われる。その使用が、全部ではないが、字余りと連動する。たとえば「川越え来てやさしくなれば雪が降る」の場合がそうである。「川越えて」でもよいところを、作者は、ことさらに「来て」の付加によって字余りにしている。「来る」は、すでにのべた字余り効果をもつだけでなく、意味作用の面でも、次に挙げる「いる」と同様、作者自身が自らの存在を再確認するというプロセスを追加する。「川越えて」やってきた自分の行為と、そのような行為をした自分の存在を振り返らせる働きが「来て」にはある。

最初、私は、「川越え来て」という字余りの表現に戸惑った。しかし、慣れてしまえば「かわ」「こえ」「きて」は、律動的で、心地よくさえある。「かわ」「こえ」「きて」には、安定した歩行のリズムがある。とはいえ、「川越えて」のような五音に馴染んでいる耳には、「かわ」「こえ」「きて」は、少し長い感じがする。別宮のいう、もう一パターンの字余りをあえて作れば、「かわ」「を×」「こえ」「て×」ほどではないが。作者と読者に内省を強いるこのわずかな遅延が字余りの効果をうみ、「くる」の意味的作用と響きあう。冒頭句「二月四日絵本のなかを泳ぎくる」の「くる」も、この観点から読みなおさなくてはならないだろう。「泳ぎくる」の部分は、字余りではないが、この「くる」は、同様に、作者自身が、自らの存在を確認するプロセスを含んでいる。

今度は「いる」を見てみよう。

言い負けいて二月四日の山を見る

仮に、夫婦喧嘩だということにでもしておこうか。誕生日だというのに口論をして、押し黙ってしまう。ふつうに考えれば「言い負けて」でよいところである。だが、作者はこれに「いて」を添えないではいられない。つまり、この句で重要なのは、言い負けたという事実だけではなく、いやそれ以上に、言い負けたあともそのような状態で「いる」ということ、いつづけているということである。その存在が、結果として二月四日の山を見ている、ということが重要である。

　哲学用語でもありうる存在という語は、生活に根ざした俳句という身近なジャンルにたいしては大袈裟すぎはしまいかと、あやぶむ向きもあるだろう。また、反対に、俳句というものにあっては、主語は多く名指されることがないにしても——そのようなときの主体は「私」であることが前提となっている——、その存在こそが最終的な俳句の主題であると考える人もいるかもしれない。いずれにせよ、作者自身、次章でとりあげる句で、存在という語を用いている。

存在記

次の句では、「川越え来てやさしくなれば雪が降る」での冬の日の穏やかさに対応するものとして、夏の日の柔らかさが詠われている。

夏の日やわがややわらかき存在記

ここで、存在記というのは、おそらく京武の造語であろう。存在記とは、字義通りにとれば、存在を記したもの、ということになる。とはいえ、これは、記録媒体としてのノート類のことではないだろう。もしそうだとすれば、手帳、俳句手帳、日記帳のような普通の語でよかったはずだからである。また、やわらかきという形容詞が仮にノート類のカバーの物的なしなやかさのことだとすれば、掲句は俳味をうしなってしまう。

　ある日、作者は、風物に、景色のうちに、至るところに夏を感じている。そしてまた、感じている自分の存在を感じている。このようにして、夏の風物と彼の存在とが一体化したように思われてくる。この一体感が、作者の心をやさしくする。

　人間の知覚している対象が、それを見ている者の心を証ししているという世界の捉え方が、ある種の詩人たちにはあるようである。たとえば、『月に吠える』の萩原朔太郎はこうである。

つみとがのしるし天にあらはれ、
ふりつむ雪のうへにあらはれ、

　朔太郎は、「つみとが」のあらわれを「天」や「ふりつむ雪」といったところに見る。萩原はこれを「しるし」と呼んだ。『二月四日』の作者も、彼自身の心情を、至るところ、夏の風物、景色のうちに感じている。前の句でも、雪のためにやさしくなったというより逆にやさしくなったために雪が降ったという関係性の問題はあるものの、降雪がしるしであった。

心情のしるしを物で指し示すというのは、俳句の常套手段である。掲句もまた、存在記という変わった語によってではあるが、一応、この手法にのっとっている。だが、面白いことに、その存在記に何が書かれているかが書かれていない。

夏の日のことであるから、作者は、蝉でも夕立でも炎天でももってくることができたはずである。だが、読者にわかるのは、俳人の存在と存在記とが循環しあっているという、交流の形式と、そのやわらかさだけである。構図化されたことによって、掲句「夏の日やわがやわらかき存在記」は、前掲句「川越え来てやさしくなれば雪が降る」よりも抽象的に——よく言えば高度わるく言えば概念的に——なっている。掲句は、存在のしるしという具体的なテーマに固執しないことで、いっそう深く、かつ壮大になったともいえるが、特定のしるしを消し去ることによって、強烈な季語のイメージが示す、あの暴君的な説得性を失った——意図的にそうしたのだとすればむしろ拒んだ——ともいえる。

今の存在記の句では、心情のしるしとなる具象物によって直接に訴えるという、あの手法が差し控えられている。おそらく、そのために、掲句に共感する読者は多くないであろう。この句は、風鈴や蛍や月見草のような物を詠った多くの俳句を、暗示的に含んではいるが、それらの具象物を名指さないことによって、そのような俳句群を代表しつつも、最終的には、否定するものとなっている。掲句は、この意味で、メタ俳句あるいは反俳句であるということができる。その面白さは、「来て」や「いて」によって存在感を強調している「川越え来てやさしくなれば雪が降る」や「言い負けいて二月四日の山を見る」のような句を参照したあとではじめて分かってくる、といった性質のものであろう――少なくとも私の場合そうであった。

存在という語だけでなく、本句集の作者は、「思想」や「思考」といった書斎くさい語彙も進んで取りいれている。「干し鰈むしる思想のような虹」。「林檎あかりへ思考研けば雨あがる」。時としてみられるこのような抽象性が、本句集に、一風かわった文学性を、ある種の固い魅力をあたえている。

梅雨

初めて『二月四日』を流し読みしたとき、その暗さによって私の目を引いた句がある。これは、私の見るところ、句集のなかで最も陰鬱な句である。

負け犬もわが先をゆく故郷《くに》は梅雨

最初、私はここに酒のにおいを嗅いだ。自己嫌悪から酔いつぶれるまで飲んだ酒。あるいは、飲みすぎて、二日酔いの朝に感じる自己嫌悪。酔い覚ましに散歩をしてみると、梅雨空の下、濡れた地面を犬が這うようにして目の前を進んでゆく。この第一印象には、むしろ、私の自画像をみるべきであろう。

本句は、その後、状況の解釈という点で、私をずいぶん迷わせた。作者は、故郷青森に帰省しているのか、仙台から故郷を望みみているのか。この負け犬は、作者の愛情の対象であるのか、それとも路上でたまたまみかけたよその犬であるのか。このことは、本章の後半で扱うように「も」および「は」の取りかたとも微妙に関係してくる。

その前に、青森における梅雨の様態について一言述べておきたい。というのも、私が子供だったころ、青森には梅雨がないと思われていた、ように記憶しているからである。実際、梅雨といわれる時期、故郷にはそうとおぼしき長雨はなかったように思う。もっとも、六月の青森には五十年近く行ったことがないので、今はどうか、さだかでない。

大阪に住むようになった最初の年、私は、雨で暗い日の朝、下宿のおじさんに「よう降りまんな（よく降りますね）」と挨拶されたことを今でも覚えている。その言葉を私は新鮮な気持ちで聞いた。それが、いままでラジオやテレビでしか聞いたことのない、まだ耳が慣れていない生の関西弁であったからである。ただ、それだけではなかったようである。それほども印象的だったのは、それが、青森にはない、梅雨時の、いかにも相応しい定型表現のように聞こえたからでもあるだろう。

西日本の人ならば開いた口が塞がらないであろうが、小学生だったとき、私は梅雨という字を何かの本でみつけ「梅雨ってどったらもんだべ」（梅雨とはどんなものなのでしょうか）と母に聞いたことがある。機会があるたび息子に知識をあたえようとする母は、そのときも、落ち着き払って、青森にはないが南では雨ばかり降ってじめじめしている季節があり、それが梅雨であることを教えてくれた。その母の口調に、自分でもよく知らないことを話すときのくすぐったさを感じたのは、私の気のせいであっただろうか。私も、一応、頭では納得した。

その後、私は、少しの間だが、仙台に住むことになった。この杜の都ではじめて、私は、そのころに降る雨を、なるほどああこれが梅雨かと思いながら、傘をさした。たしかに、天気図を見ると、梅雨前線が横たわっている。ただ、テレビもなかった時代、あるいは、テレビが茶の間にはいってからも天気予報が今ほど精密ではなかった時代、母は、六月ごろ降る蒸し暑くない雨を、普通の悪い天気と思うばかりで、梅雨とは認識しなかったのかもしれない。それは、何十年もまえの話である。今は、北海道には依然として梅雨がないとされているようだが、青森に梅雨がないという話は聞かなくなった。天気の見方も、そして温暖化の影響によって天気自体も、当時とは違ってきたのかもしれない。

　要するに、昭和初年代や十年代生れの青森人にとって、梅雨という概念は、関西人が感じるほどには明瞭でなかった（はずである）。というわけで、私は、「故郷は梅雨」という表現を、おそらく多くの人がそうであるようには、素直に受け入れることができなかった。

　梅雨の有無は、作者がこの句を詠んでいる場所とも微妙に関係してくる。作者は、いったい、故郷青森に帰省しているのであろうか、仙台から故郷を望みみているのだろうか。

　もし梅雨の仙台から青森のことを思いやっているのだとすれば、「故郷は梅雨」の「は」はおかしくはないだろうか、「故郷も梅雨」ではないだろうか。これが、最初、望郷説に踏み切れなかった理由であった。

　重要なポイントとなるのは、やはり「は」である。「故郷は梅雨」なのだとすれば、普通の語感からすれば、仙台は青森とは異なる状態にあるはずである。すなわち、仙台は梅雨でないことになる。とすれば、仙台は梅雨明けしており、青森はまだ梅雨ということになる。現在の天気――あるいは天気の解釈や気象予報士の説明の仕方――は昔と違うということで、北東北にも梅雨があるということは認めよう。南東北は梅雨明けしており、北東北はまだという状況も稀ながらないわけではないだろう。ただ、梅雨明けした仙台から梅雨の青森を思いやっているという解釈では、「負け犬もわが先をゆく」の暗さが生きてこない。

今の「は」の問題は、作者が青森に帰郷している状況を考えても、のしかかってくる。梅雨の青森で、「負け犬もわが先をゆく故郷は梅雨」と詠んだとしよう。仙台は梅雨明けしているが青森は梅雨であるという状況は今述べたように考えにくいとして、仙台も梅雨だったらどうであろうか。論理的には「負け犬もわが先をゆく故郷も梅雨」となるだろう。だが、「も」の重なりからこの表現はありえないだろう。とはいっても、重複回避のためにこそ、青森にいるのに「は」を用いた、とまではいえないだろう。

あれこれと考えた末、次のような考えにいたった。何のことはない、これは作者が思い描いた、いわば心の天気図の話である。仙台が梅雨であるときに重ねて「故郷は梅雨」というのはふつうはおかしいのだが、仙台は実際に梅雨で、望みみた青森の心の天気図は、やはり雨である。こんな簡単なことにも気づかなかったのは、「は」

と「も」のせいである。仙台での現実の梅雨と、想像された青森の梅雨はレベルが違うので、これらを、「も」で並列するわけにはいかなかった。仙台も梅雨であるときに、取りたてて「故郷は梅雨」としたところに、望郷の思いの生々しさがある。

以上の推論は、作者が、その犬を「負け犬」であるとした状況とも関連している。もし、単身青森に帰っていたときの話であるなら、それは、飼い犬ではありえないだろう。仙台でのことであるなら、登場しているのは、愛犬の可能性がある。

それどころか、句は、飼い犬としたほうが映える。その哀れな生き物を負け犬と呼んでいるのは、飼い主として、その性質をよく知っているから、ということになろう。「わが先をゆく」というのは、主従をつないでいるひものぶんだけ、という意味である。

こう考えれば、「負け犬も」の「も」は、「でさえ」という第一印象による読みとは、違ったニュアンスを帯びてくる。たしかに、負け犬でさえ自分の先を歩いているという、第一の解釈を捨て去ることはできないであろう。だが、その愛犬は、作者の、ひもで結ばれた、自分自身が投影された仲間、いわば分身でもある。飼い犬が前をゆくのは、主人を抜き去るためではなく、主人に伴うためである。とすれば、掲句は、「わが負け犬も共にゆく故郷は梅雨」と読めることにもなろう。

詩人とは負けるものであるという先入観が、作者にはあるようである。だが、俳人、詩人といっても、いろいろである。この辺の屈折を次章でみていこう。

蝶翔てば

俳句という非常に短くかつそれ自身以外にコンテクストをもたない表現形式の場合でも、一句のうちにそれ自身を暗に否定する反語的な要素を盛り込みうるということ、つまり、しかじかの句がそれ自身の言明を自ら否定するものになっていることがある、ということを主張するのは容易でないだろう。だが、私には、作者が次の句を、否定的ニュアンスを微塵にもふくませることなく、素直に、字義どおりに詠んだとは思われない。

蝶翔てばわれももしかして詩人

この句が読者に引き起こす反応としては、次の三つのタイプが考えられる。第一には、蝶が飛ぶとどうして詩人になれるのかと疑問に思う人がいるであろう。素朴な子供の即物的な目をもった人のこのような疑問には、第二のタイプの人が、次のように答えてくれるはずである。ほら、蝶の舞はなんと美しいことか、この詩的な生き物の動きは見る者までをも詩人にしてくれるような気がする、と。これに対して、第三の人は反発するであろう。詩人というのはそんな甘っちょろいものではない、なるほど、何かの啓示のようにして一匹の蝶が目の前で飛び翔つこともあるだろう、だがそれをもって自分が詩人であるとする証しとするわけにはいかない、と。

作者はといえば、自ら句を詠んだわけであるから、さすがに第一のタイプではない。彼は、幾分第二の人であり、多分に第三の人である。この割合は、「もしかして」のニュアンスによって表現されている。この語は、否定を前提とするものではありながら、さりとて、肯定への期待を断ち切ってしまうこともない。この否定的な前提によって作者は基本的に第三の人であり、期待を捨てていないという点では第二の人である。

可能と不可能のあいだで、「詩人」という語は分極し、二重の意味をおびる。望んでもかなわないものならば、この語が意味するのは、究極の理想像であるということになるであろうし、蝶との遭遇ぐらいで可能なのならば、それは、えせ詩人にすぎないということになる。もしかしてという曖昧な条件があるために、作者も読者も、詩人という語のこの二つの意味のあいだで弄ばれる。

実のところ、作者は、正真正銘の詩人でありたいと願っている。詩人とは、作者にとって、世人があたえてくれる桂冠のことではなく、蝶という対象と向きあった稀な瞬間に訪れるかもしれない至高の存在である。であるから、ひらひらと飛ぶ蝶と、その鮮やかな動きに注意を奪われた意識しかない孤独な瞬間に、自分は、完全な詩人になりおおせたのではないかと思う。だが、その自負は、蝶を見たぐらいで詩人であるはずはないと思うことによって、すぐさま崩れ去る。その自恃は、蝶の飛翔にしか根拠を置いていなかったのであるから。本当の詩人でありたいという憧憬と、その困難さ、その無根拠性、こういったことすべてをめぐる屈折が、本句を生んでいる。

作者は時として、すでにのべたように、詩語を分解する。たとえば、「春眠」を「春は眠し」にばらし、「花束」を「束ねて花を」へと展開したように。だが、かちかちに氷った詩語は破片へと分解されても、今度はその破片がふたたび詩語として復活しようと試みる。たとえば「束ねて花を」の「花」や「春は眠し」の「春」のように。俳句を詠もうとするものは、油断をしていると、季語のイメージに支配されてしまう。この点については、〈だまされるな〉の章で力説する。

ところで、蝶は、詩語の最たるものである。その飛び方、飛んでいる場所、その他の状況によって味付けされていない掲句の蝶は、純粋な「蝶」そのものである。この純粋さは、もしかしてという蓋然性の副詞によって切り崩されていく。こうして、われわれは、詩語を使用すること、ただそれだけによっては詩人になれないという教訓――これは作者にとって百も承知の事実である――を得る。反対に、詩語を連ねるだけの俳人は、えせ詩人であるということになる。掲句は、このような俳句についての俳論、詩論となっている。

最後につけくわえておくと、本句は、字余りという最初の私の印象にはんして、字足らずの句――『二月四日』のなかで唯一の――となっている。この錯覚は、「われもしかして」の長さを字余りのように感じたあと、「して」を無意識のうちにもう一度読んでしまうことからくるものではないだろうか。すなわち、作者も読者も、「われもしかして」の長さをゆったりと感じたあと、「して詩人」を通常の下五のようにとらえるようにと誘われていく。短くても長い、不思議な句である。

一句鑑賞

二、三年ほど前まで、私は、句集のことを、たんに、句を集めたもの、有り体に言えば並べただけのものと思っていた。その背景には、俳句は、一句々々、独立しているものであり、独立してあるべきものであるという考え方がある。

一句独立主義とでもいうべきこの考え方は、実際、一句鑑賞のかたちで受容されてきた。ここには、句は、その一句自体で完成していなければならない、という思想がある。完成しかつ優れているというので、一句が抜き出され、批評される。これが、一句鑑賞である。

俳句大会でも、複数の選者の票の数で句の順位を決めるというその方式に、一句独立主義をみることができよう。句は、一句という単位に切り離されなければ、投票の対象にならないからである。新聞紙上の俳句欄や、テレビの俳句番組で、選者が天地人を決める場合も同様である。

　俳句の一読者の立場からしても、句は、それぞれ独立に完成していてほしいと思う。ただ、句集、一句々々を束ねたものである句集とは何かということを考えた場合、事は、さほど簡単ではないことに気がついた。この『二月四日』論にしても、その解釈法は、一句独立主義に反するようにみえる。それは、句集全体を一つの作品としてとらえ、各句の意味をその全体のなかで確定していくという方法だからである。

　京武は、『二月四日』のほとんどの句を、独立に——すなわち異なった日に異なった状況のもとで——作ったはずである。であるから、各句は、それぞれ別個に鑑賞されたとしても、なんら不都合はない。また、この句集には、いわゆる連作——これはある一句のコンテクストをそれだけでは不十分だというので隣りあった句によって補う手法であるといえるだろう——もない。この意味では『二月四日』の一句々々は、確かに独立している。

　ただ、句集全体をみわたすと、同じテーマ——たとえば誕生日だとか俳句による俳論だとか——が繰り返し現れることに気づく。全体をとおすことでみえてくるこのような諸々のテーマをいったん確認して、次に、そのテーマという点から一句々々を見直すというのでなければ、私は道に迷ってしまったことだろう。というのも、俳句は、どうとでも読めるものだからである。

コンテクストということについても、いまのテーマの場合と、同じことがいえる。連作という手法をとっていない『二月四日』にあっては、一句々々は独立している。すなわち、ある一句のコンテクストは、その前後の句によって規定されてはいない。だが、それにもかかわらず、句集全体を見渡すとき、次章で述べるような、ある大きなコンテクストが浮かび上がってくるように思われる。このコンテクストという語についても、次章で説明しよう。

一句々々を解釈しようとするとき、どうとでも読める俳句というものを前にして、論者は戸惑ってしまうであろう。このとき、同じ俳句会に属している者同士であれば、既知事項に頼るはずである。すなわち、あの人は日ごろからしかじかの傾向の句をつくるだとか、しかじかの性格のお方であるとか、さらには、もっと下世話なこと、家族構成や夫婦仲、持病にいたるまでを思い浮かべて、一句の解釈に役立てることであろう。

だが私は京武のことをほとんど知らない。『二月四日』それ自体と、「あとがき」や噂のレベルのいくつかの事実を除いては。であるならば、京武に問い合わせてみたらどうか、ということにもなろう。だが、私はそれをしなかった。

私が読みたいのは、生活者京武ではなく、彼が俳句でこうみせたいとおもった京武像である。この俳句上での京武像を、私はこれまで《作者》という語で呼んできた。ここには、句集『二月四日』があたえる俳人像は、生活者京武久美の像とは違って然るべきであるという考え方が横たわっている。

小説であるならば、その解釈は、主人公が考えていることと作家の思想は別物であるというところから出発しなければならない。作家がその主人公に自分の考えを代弁させるということはあるかもしれない。ただ、作中人物の言動にそのまま作家の思想を見たとすれば、解釈の手続きとしては過ちをおかしたことになる。

作家とその作品、その主人公を単純に同一視してはならないように、俳人とその俳句、その俳句世界は、原理的にいって、同じ一つのものではないことに留意したい。俳人の側からしても、俳句へと没入するにしたがって、俳句モードと生活モードとでも呼ぶべき二つの態を使い分けるようになるものではないだろうか。たとえば、俳人は、家族のなかで示す顔や、町内会でみせる顔、何かの組織で果たしている役割としての顔とは違った像を俳句で示すことがあるはずである。この場合、その人は、生活モードと俳句モードを切り替えているということになる。句境が、生活上ではありえないほどに、あるいは激しく、あるいは深くなるにつれて、二つのモードの乖離も大きくなっていくはずである。これにしたがって、両者を混同する弊害も大きくなっていくであろう。『二月四日』の俳人像を、私がこれまで《作者》と読んできたのは、このような混乱を避けるためであった。

私が『二月四日』のなかに見たいのは、生活モードにある現実の顔ではなく、京武が俳人モードに入ったときの姿、つまり、俳人京武久美が自分はこのような俳人です、と俳句で示そうとしたときの姿である。その姿は『二月四日』全体を丹念に読むことによってみえてくるはずである。そういうわけで、私は『二月四日』を、その句集全体に目を配りながらゆっくりと、そして何度も読んだ。すなわち、その中の一句を取りあげる場合でも、それを、他の百五句との関連で解釈しようと努めてきた。

京武自身、現実の足跡を消すとでもいうように、固有名詞を追いやり、普通名詞だけによって『二月四日』を構成している。ただその道程が私自身の体験とかさなるとき、隠されているかもしれない固有名詞への興味がわいてくるというのも事実である。この普通名詞と固有名詞との関係については、次章で再考しよう。

なお、一句々々についても、掲句の作者は云々と書くことがある。この場合の作者とは、一句々々の名指されない主体を支える、詠み手としての「私」のことである。この場合も、その作者は、生活者である人間京武久美と区別される。この、一句々々の作者の総合が『二月四日』の作者像となっていく。

前置きが長くなってしまった。本章でおこないたかったのは、『二月四日』の以上のような読解法をのべたうえで、にもかかわらず、仮にもし、その全体から切り離して、ある一句の鑑賞をしてみたらどうか、という実験である。歳時記のなかでたまたま見つけた一句のようにして論じたとしたら、その一句鑑賞はどういうふうになるのか。

どくだみの明暗に雨不実なり

読んだ瞬間から、私は、この句にひかれた。もし、京武の句であることを知らなかったとしても、私はこの句を好んだことであろう。だとすれば、『二月四日』の全体から切り離して、この句だけの一句鑑賞をすることは可能であることになる。試みてみよう。

どくだみの姿かたちに、何か陰湿なものを感じるのは私だけであろうか。その陰湿さは、じめじめした裏庭や家と家の間の日当たりの悪い隙間にでも育つこの草の習性、その強靭さからくるものであろう。他の雑草をおしのけて蔓延っていくその生命力には驚かされる。その繁茂は、人間界でいうならば、何か悪事を働いているとでもいった隠然たる力を感じさせ、その執拗な独特の臭いも、人や虫を遠ざける成分をでも発散しているのであろうか、拗ね者の不遜なポーズを思わせる。異様に濃い緑、肉厚の葉に走る深い脈、葉を縁取る奇妙に赤い線。どくだみの外観のこういった異形の姿を、作者は、不実の語でもってとらえた。

葉は、雨に濡れることで、表面を人工物のように光らせ、彫りを深めていく。十字となって濃緑のうえに浮かびあがるその白い花も、雨に崩れながら、どこいら、白粉の不健康さを匂わせ、かえって、どくだみの不健全な陰をひきたたせている。

この句で注目したいのは、「明暗に雨」の措辞である。雨は、葉でも、花でもなく、明暗にこそ降る。明暗に降るとしたことで、雨は、どくだみの陰影と不実をいっそう深くする。この「明暗」という語から、どくだみのあの彫りの深い毒々しい姿、陰ひなたのある不実な感じが、雨に朽ちていくあの妖艶な白い花までが浮かび上がってくる。

雨は、葉を光らせながらも、どくだみの陰影を、万物を、分け隔てなく包みこむ。すべてを濡らすことで、雨は、やがて、どくだみの陰湿さをも覆い隠してしまう。無毒化する、慈雨のこの平均化作用をこそ、作者は、不実と呼んでいるのかもしれない。

以上、掲句からうけた第一印象をもとに、鑑賞文を書いてみた。このような一句鑑賞の形式は、至るところにみられるように思われる。すなわち、第一に、季語の解説を、その書き手自身が抱いているイメージをもとにおこなう。第二に、句の構成に多少ともふれる。もし、その句の作り手についてのことを個人的に知っているならば、誰々さんは園芸をこよなく愛しバラをはじめとして様々な花をそだてていらっしゃると書き添えてもよいし、誰々さんの庭の隅にどくだみの白い花がひっそりと咲いているのをみたことがある、で始めてもよいだろう。これで一句鑑賞が完成する。

以上のような単独の鑑賞文を、私は、否定するものではない。ただ、少なくともいえること、それは、一句々々についてのこのような鑑賞文を連ねても『二月四日』論にはなりえない、ということである。

句集全体を見渡したあと、再びその句に帰ることによってその句にたいする理解が深まることがある。たとえば、後に設けることになる〈沈黙〉の章が、そうである。本句集にはもう一つどくだみの句がある。その句のために割くことになる〈沈黙〉の章で、掲句は、再点検されることになる。

仙台モード・青森モード

本章では、以上のような理由もあって、句集全体を眺め渡してみよう。

私は、『二月四日』を見ているうちに、その多くについて、これは仙台の句——仙台で作られた仙台での心境をうたった句——である、こっちは青森の句——帰郷した折あるいは回顧的に青森での感慨をよんだ句——である、というふうに思うようになった。こういった見方の妥当性を理解してもらうために、まず、本句集には、望郷モード、そして帰郷モードとでも呼ぶべき句があることを確認しておきたい。

ががんぼや望郷惚けた空に育つ
毬栗が泣き出しそうな故郷《くに》明り

この二句が、異郷にあって故里を望みみるものであることに説明はいらないだろう。「故郷明り」とは見なれない言葉だが、おそらく、想念のなかで故郷がぽっかりと明るく灯ってみえるときの、仄明りのことであろう。

他方また、作者は、その故里に帰郷している設定での句を、いくつか詠んでいる。

八月の手紙のように故郷《くに》へ帰る

故郷青葉売るほどの黙《もだ》持ち帰れば

そのほか、「蝶や蜂や日だまり飼っている生家」も、生家に常住していない者の帰郷を思わせる句となっている。

このように、作者は、そして作者の想念は、異郷と故郷を二つの極として動きまわっていることが確認される。しかし、その極をなす二つの場所が、仙台と青森であることは、『二月四日』の作品世界からは確認できない。この句集では、作品を想像世界に位置させるとでもいったふうに、特定の都市名はおろか、おおよそ地名というもの、人名というもの、固有名詞とおぼしきものはまったく使われていない。

とすれば、われわれは、『二月四日』の他郷と故郷を、純粋に一般化されたトポロジーとして読むべきであるのだろうか。あるいは、これを、東北から切り離すために、遠い国、遠い過去に位置させて、たとえばホメロスの『オデュッセイア』のように読んだらいいのであろうか。いや、そうは思わない。

極として二つの場所を指し示しているのは、異郷と故郷というこの句集のテーマばかりではなく、句集のコンテクストも、ある相異なる二つの限定された地域を示している、ということがその説明となるであろう。以下、このことを確認していきたい。

句というものには、明確なものから漠然としたものまで、その句によって詠まれた場所（状況）――これをコンテクストと呼んでおこう――が、また、作者がその句を詠んだ場所（状況）があるはずである。この二つの場所は、作者がその場所でその句を、その状況でその状況を詠んでいると考えれば、句の生成過程を知らされていないとき読者はそう考えざるを得ないのだが、結局、同じものとなる。たとえば、「川越え来てやさしくなれば雪が降る」は、作者が、川のそばにいること、雪の降る地方にいることを示している。「蝶翔てばわれもももしかして詩人」のような、詩人論でしかないようにみえる句でさえ、作者が屋外にいるということ――室内から外の蝶を眺めているのであれば句にならない——を規定しているし、蝶が棲息している地域に住んでいることを前提としている（稀ながら蝶のいない地方はある）。

こうして、句集の一句々々がもつ、強かったり弱かったり、直接的だったり間接的だったりするコンテクストから、一つの大きなコンテクストが浮かびあがる。その大きなコンテクストは、裏日本と表日本——裏日本の気候の下で育った私自身がこの表現を用いることは許されるであろう——、あるいは雪の降る地方と雪がさほど降らない地方という、相容れない二つのトポスを指し示す。

たとえば、表日本の句は次のとおりである。

　空っ風鬱を育てて父に及ぶ
　一生涯つもる脳糞びわの花

少なくとも、これが、裏日本の雪国の句でないことは明らかである。裏日本に、空っ風は吹かないし、また、雪国に枇杷は育たない。

雪はげしわれを手込めのわれを憎む
雪猛る不埒な父で通すつもり

これは、雪国の句である。これが、表日本の句でないことはいうまでもない。

このように、句集を全体として眺め渡すとき、そのコンテクストは、大きく、裏日本と表日本、雪の多い地方と雪の少ない地方という、二つの極をなすことがわかる。もっとも、その極がある特定の二つの都市であるとする記述は、『二月四日』という作品そのもののなかにはない。それにもかかわらず、その二つの場所を、仙台であり青森であるとすることができる、いや、句集を十分に理解するためにはそうしなければならない、というのが、本書の主張するところであり、前提とするところである。その理由は、俳句においては、モノ（句中で詠まれる対象としての物という意味でカタカナ表記をする）は読者を欺かないし、欺くことができないし、作者もまたこれを韜晦のために悪用することはできない、というところにある。説明が必要であろう。

俳句において、モノが果たす役割は大きい。そして、そのモノは、作者自身、意識するしないにかかわらず、多かれ少なかれ強い、変更不可能なコンテクストをもっている。たとえば、既に述べたように、枇杷を提示した時点で、その句は地理的に限定されてしまう。小説にあっては、枇杷といっても実は温室栽培であったというようなトリックや、説明や、ただし書きが可能である。短い詩形である俳句には、モノが示すコンテクストへの違反の様までを書き込む余裕がない。読者も俳人自身も、この意味で、モノを正面から受け止めるほかはない。

モノを提示するとき、俳句作家は、そのコンテクストを、仮に意識していたとしても、説明したりはしない。読者が、たとえば「びわの花」のコンテクストを読み取るためには、枇杷の花が咲く状況に、想像上で、可能ならば実際に身をおいてみるのがよい。すると、冬でも雪がふらない温和な気候が浮かびあがってくるであろう。このような操作は、句の味読のために、誰もが行っていることであろう。そして、このような読み取りをもっとも適切におこなうためには、俳句作家——今の場合は京武久美——の環境から逸脱しないようにするのがよい。つまり、作者は、仙台と青森のあいだを行き来している、というふうに。それにまた、私自身、幸いにして、青森と仙台の気候風土を知らないわけではない。すでに、〈堤川〉の章でも〈梅雨〉の章でも、仙台と青森の名を出したのは、このような考えからであった。

ところで、このような方法をもってしては、作者の生活モードと俳句モードを混同することになるのではないかと危ぶむ向きもあるかもしれない。だが、その心配はいらない。モノの、地理的、歴史的、生活的コンテクストは、一般的な文化性のレベルにある。こう考えれば、その明確化は、作家の俳句モードとは別のレベルにあることが分かるであろう。モノは柔軟であり、生活モードと俳句モードの両方を貫いているにしても、生活モードにあるモノは、何らかのインスピレーションがなければ、俳句モードに達することはないであろう。「空っ風鬱を育てて父に及ぶ」の「空っ風」を、地理的、気象学的、文化的に規定したところで「鬱を育てて父に及ぶ」へと高まることはない。それにもかかわらず、細かな木目にいたるまでを感じ取り理解するためには、この句を、空っ風の吹く仙台平野のなかにおいてみなければならない。

ところで、空っ風が吹くのは仙台だけではない、という反論があるかもしれない。この反論にはすでにして答えているつもりである。つまり、こういうことである。

句集『二月四日』は、帰郷と望郷のモードによって二都物語を構成していて、この二都として考えられるのは仙台と青森であるということは、今、確認したところである。それで、青森では空っ風が吹かないことをもって、その句のモードを仙台であるとしてよいことになる。こうしてまた、雪の句は青森モードになる。

なお、青森モードでも仙台モードでもないことが明らかである句、旅行モードとでもいうべき句が一つだけある。この息抜きのモードについては〈最後に〉でふれる。

姥捨て

次の句にも二都のテーマがみられることに、最初、私は気づかなかった。この句は、姥捨ての語からであろうか、私に、捨ておけない強烈な印象をあたえた。だが、そのグロテスクな効果を消化しきれていないことが自分でもわかっているからであろう、不安にちかい後味をも残した。

吹けば飛ぶたんぽぽ新鮮に姥捨てへ

もちろん、吹くと逃げるように飛んでいく絮と、そして、それによって遠くへと運ばれていく種子の共同作業を、子供が親を背負っていくあの姥捨てと呼んでいることはわかる。だが、その二人三脚をことさらに姥捨てとまで形容した踏み込みの意図がわからない。結局、私はこれを感覚的な句なのであろうということにしておいた。

ところが、ある日、離郷は、結果的にであるが、姥捨てに等しいのではないかということに思い当たった。つまり、就職や進学で都会に出てきた者は、最初、自分が自分として生きていくために、自分の都合で、そうするのだと思っている。変わったのは、自分が田舎ではなく大都会に住んでいるということだけだと思っている。たしかに、盆や正月で帰省すれば、親兄弟や親戚は前とおなじように暮らしている。その相も変わらぬ故郷から離れた自分こそは、はみでた変わり者なのであって、故郷はつねに中心にある、と思っている。とりわけ、故郷からの精神的・物質的援助を受けているあいだは。

だが、親から離れて暮らすことにした瞬間から、姥捨てははじまっていた。離郷者は、大都会で生きることの忙しさから、そのことに気づかない。年月を経たあとで振り返れば、相も変わらぬ故郷というものはありえないことがわかる。いつしか、元木は枯れ、遠くへと飛んだ種子は、親株よりも立派な株をつくる。

たんぽぽの絮を吹いた一瞬、作者の心に、何十年という月日がよみがえってくる。離郷によって、実は、結果的に親を捨てたというドラマが、たんぽぽを吹くわずか数秒ほどのあいだの寸劇となって再現されるにいたった。結果的にというのは、初めはこのことを知るべくもなかったからである。だからこそ、この寸劇は、再現でありながら「新鮮」である。

遠くへ飛ぶというのは、植物の種子の、生きのびるための戦術である。その戦術は、自然淘汰によって洗練されていく。チャールズ・ダーウィンは『種の起源』で、タンポポについても書いている。長いスパンでの観察をするのでなければ、ゲンゴロウの脚が水をかくのに適した形をしているのと同様、タンポポの毛は風に乗るための巧みな装置であるとしか思われないかもしれない。この理解でとどまってしまえば、自然淘汰という原理は見えてこないだろう。

しかし、華奢な冠毛をもつタンポポの種子や、水かきのようなゲンゴロウの脚を見ただけでは、それらの存在は空気や水との関係でしかないように見える。ところがタンポポの冠毛がもたらす利点は、他の植物に占有された地面と密接な関係がある。冠毛のおかげで、種子を遠くまで分散させ、空き地に落下させることができるからだ。㈠

タンポポの種は、繁栄を期して、風に遠くへ運んでもらう。人の子も、生活のため都会にでて働く。とはいえ、よくよく考えてみると、この植物と姥捨てでは、移動する主役がちがう。タンポポの場合、移動するのは種子である。姥捨てで移動させられるのは、親のほうである。息子も、親を背負って移動はするが、捨てたあと結局は元の場所に戻る。ただし、この二つの劇は、捨てるという点で共通している。この混乱を支えているのは、故郷を捨てた者が、故郷に捨てられたと感じる、離郷者特有の心理的なパラドックスであろう。

句の理解のために、何十年ぶりかのことであるが、私もたんぽぽを吹き、その種子を観察してみた。たしかに、白い絮は、老婆の銀髪のようにもみえる。

だが、ここでも絮と種子、親と子の役割は捩れている。あの茶色い粒こそは子であり、子は、白髪の親を背負い、姥捨てにいくところであるはずなのに、捨てられるはずの親こそは、風に乗り、子を運んでいく。たんぽぽの絮を姥捨てとするとき浮かびあがってくるのは、背負うものが、背負われる者によって背負われているという、パラドキシカルな図である。このパラドックスを、作者自身、意識していたことであろう。

掲句は、姥捨てという語がはらんでいるこのような捩れを利用したものである。

(一) チャールズ・ダーウィン『種の起源』(上)渡辺政隆訳、光文社文庫、二〇〇九年、一四六頁。

ガラス瓶

俳句で俳論を行っているという、本句集の特徴については、〈蝶翔てば〉の章での べたが、このことは何度繰り返しても強調しすぎることはないだろう。この意味で、本章は、「蝶翔てばわれもももしかして詩人」についての論の続きであるといってよい。

ガラス瓶に花言葉つめ冬病める

言葉の容れ物――俳句でいえば五七五の定型。ガラス瓶とは、その容れ物のことである。でなければ、「ガラス瓶に花言葉つめ」という表現は理解できなくなろう。その瓶が五七五の定型であるのは、作者が俳人だからである（歌人であったら五七五七七である）。事実、五七五という瓶には、様々な言葉を詰めることができる。

ガラス瓶には、花言葉だって押し込むことができる。ここでいう花言葉とは、必ずしもすみれや勿忘草のそれ——プレゼントの花や誕生日の花が約束事としてあらわす意味——のことでなくてもよい。むしろ、花のような言葉、いわゆる花言葉のような言葉、すなわち、言い慣わされ固定化された、香しい表現のことである、ぐらいの意にとっておこう。

俳句は、どのような言葉でもってしても、たとえ以上の意味での花言葉で書かれたとしても、五七五になる。だが、ミューズは、少なくとも、詩人が自ら編んだ花束でなければ受け取ってくれない。それで、詩人は、手ずからしつらえた特製の作品をそっと祭壇に捧げる。「春はねむし束ねて花を扉口《とぐち》に置き」である。実は、扉口の向こう側にいるのはミューズであるという解釈へのヒントをあたえてくれたのが、この「ガラス瓶に花言葉つめ冬病める」という句であった。

ミューズは、花言葉の受取りを拒否する。だが多かれ少なかれ、俳句は、花言葉のようないわゆる詩語を避けることができない運命にある。〈蝶翔てば〉の章ですでにのべたように、氷った詩語を砕いたとしよう。たとえば、「春眠」を「春は眠し」に分解し、「花束」を「束ねて花を」にばらしたとしよう。今度は、その破片がふたたび詩語として結晶化しようとする。たとえば「春」や「花」のように。詩語であるというのでこれら基本語彙も使わないというのなら、俳句は作れない。基本語彙とは、もうこれ以上は砕くことができない語のことだからである。

こうして、俳人は、ガラス瓶に花言葉をつめる。もっとも、詰めるという行為をする主体は物であるという解釈も可能である。この句の主語は冬であるとみれば、掲句の意は「ガラス瓶に花言葉をつめながら冬が病んでいる」であるが、やはり潜在的な私であるというなら、「ガラス瓶に花言葉をつめながら私は冬に病んでいる」ということになる。

いずれにしても、詩語は、魅力的である。その魅力を感じないものは俳句を作らないであろう。だが、詩語の誘惑に負けて、並べたり、組み替えたり、花言葉のような語で遊んでしまうことを、作者は、病んだ状態であると思ってもいる。要するに、掲句は、俳句の魅力にとりつかれたことへの自己嫌悪――それは詩人であることの矜持の裏返しである㈠――の表現となっている。

類想句を挙げよう。クリスタルな冬を詠った今の句が、仙台モードだったのにたいし、次の句は、青森モードの好個の例となっている。

雪はげしわれを手込めのわれを憎む

閉じ込める雪、これは雪国ならではのものである。「われ」の語が二度でてくることからも言えるように、これは、封じ込める雪になぞらえた自己閉塞、そしてそこからくる自己嫌悪の句である。分かりやすい句であり、素直な解釈としてはこれで完結しているように思われる。

この自己嫌悪は、解こうと思えば解くことができなくもない自己閉塞状態を、降りつのる雪にかこつけて、追認し、継続し、ますます強固にしていく我とわが身に向けられている。そのような状態を知っているものは、この句に共感するであろう。

さらに、定型詩である俳句こそは自分を閉じ込める四壁となっているのではないか、という発想を私がえたのは、雪はげしの句を、ガラス瓶の句と比較することによってである。なぜ、自分はガラス瓶に花言葉をつめるようなことをしているのか、と。なぜ、自分は、詩や小説ではなく、五七五という容れ物にこだわりつづけてきたのか、と。少なくとも、ガラス瓶の句は、このような俳句による俳句批評ないし批判を含んでいる。
その句に通じている仙台モードの作品を、もう一つ。

冬に澄んで風化現象のひととき

この句は最初、私を戸惑わせた。風化は、一種の崩壊作用として、冬の結晶化作用と相反するものではないかと思われたからである。だが、ガラス瓶の句で「冬病める」というのであるから、とにもかくにも病んでいるというのであるから、仙台の冬の明澄さが、ここでも風化現象——病が進行しつつあるという意識——へと通じている様が表現されているということは理解できる。
ここで、その澄んだ気分が弛んだこと、病気の治癒をもって風化現象と呼びたい誘惑にかられる。だが、句に忠実であろうとすれば、冬に澄んで、その澄んだ状態そのもののなかに、風化現象のひとときがある、と読まなくてはならないだろう。つまり、冬のピンと張りつめた雰囲気そのものが、風化現象である、ということになるだろう。繊細なガラス細工が、すでにして崩壊——厳密には崩壊感覚の前兆——であるように。

風化現象は、人間の場合でいうならば、老いのことであろう。老いは、崩壊現象とまではいかないが、少なくとも風化現象である。『二月四日』には「老」の漢字が、それを含む熟語もいれて、五回、あらわれる。その中の一句。

満月の雲が山成《な》す刻を老ゆ

印象的であり、巧みな句である。一見したところ、自然な表現にみえるが、私にとって「満月の雲が山成す」は暗記しにくかった。「満月に雲山を成す刻を老ゆ」だとか「満月の雲山を成す刻を老ゆ」など私が誤って覚えかかった句にくらべれば、掲句は彫りが深い。だが、この技巧の句の光景が、悪夢のように恐ろしいと感じはじめたのは、「冬に澄んで風化現象のひととき」と比較することによってである。一般には明澄であるばかりの満月の横では、夜の入道雲ともいうべき、山のような雲がその光に照らされている。満月があたえてくれるはずの永遠の深さは、この句にあっては、一刻々々の老いとなる。その刻は、冬の風化現象のひとときと等価であり、他方、山成す雲を照らしている満月は冬に澄んでと対応している。

ガラス瓶や、冬や満月などの、極度に明澄なものは、その崩落の感覚を前もって含んでいることから、作者を、酔うことへの反省へとみちびく。この反省が意識を風化現象へと向かわせるのであろう。

純白なものは、作者をひきつけると同時に、その透明度によって恐れさせさえする。その最たるものが、愛の表現、たとえば次章であつかう友情の表現である。

㈠ 自己嫌悪が矜持の裏返しであるという心の動きについての論は、『二月四日』の枠を越えるが、青年京武久美については可能である。本書の〈最後に〉の章を参照のこと。

太郎冠者

フランスの批評家ロラン・バルトは、愛する者を失った友へ哀悼の手紙を書くとき、《決まり文句》を連ねるだけでは不十分であるとした。つまり、「哀悼」というテーマを、一言でいえば、創意工夫を凝らして、変奏しなければならない。㈠たんに「哀悼！」とのべただけでは、弔意を充分に表したとはいえない。行為にかんしても、葬儀場や墓前での、起立したり、合掌したりという動作は、バルトのいう《決まり文句》にすぎないのではないか、と疑うことができる。

すすき総立ち友を葬れば太郎冠者

墓の辺りに群生しているすすきは、会葬者達を代表している、あるいは、自然という第二の参列者を象徴しているとみることができる。万物が、このように、一人の人間が骨となり地中におろされていくのを総立ちによって悲しんでいる、と言いたいところである。だが、そうではなかった！　すすき総立ちの壮観さを、太郎冠者の存在が茶化しているからである。

厳かであるべき時、作者の頭のなかに、慣れ親しんでいる能狂言の一節が鳴り、登場人物達の大げさな身振りが浮かんでくる。そして、自分のしていることは「狂言」ではないかと思う……。いやいや、作者は、申し分のない会葬者であり、礼儀から逸脱した動作は何一つおこなっていない。合掌！　だが、研ぎ澄まされた意識には、自分は、手を合わせる身振りをしているだけではないのかと思われてくる。バルト風にいえば、然るべき動作も《決まり文句》にすぎないのではないかという考えが、作者をさいなむ。

この種の時ならぬ気まぐれな考えを、多くの人は揉み消してしまうであろう。会葬中のこのような疑念は、死者への不敬であると同時にまた、総立ちを要請する生者達への、またその一員である自分自身の意識への挑戦となってしまうであろう。だが、作者は、このわずかな心の動きを詠む。

下五に太郎冠者ではなく、弔意を強めるような表現を重ねれば、句は、厳粛さを増したはずである。たとえば、作句の能力が私にはないことを百も承知であえて入れ替えれば、「すすき総立ち友を葬れば鐘が鳴る」のように。だが、作者はこのような常套的表現を好まないようである。

蛇足ながら、あえて述べれば、以上の論は、作者が友人の死を悲しんでいないということではない。むしろ、作者は、究極の追悼を願っている。だから、起立したり、合掌したぐらいでは、哀悼の表現としては不十分ではないかと疑っている。だが、作者にあっては、前章とも関連することであるが、純粋な想念は、その極点に達すると、いわば自らのなかにその反対物を含んでいるとでもいうように崩壊しはじめる。ちょうど、われわれの視覚が、まぶしいほどの純白をみることに耐えられないように。

おしなべて友こわれそう白つつじ

作者は、友を大切にする人である（でないとこのような句は詠まない）。だが、つつじの純白さを前にしていると、友情という想念はゆるぎはじめる。作者が自分の友情を疑っているというのではない。ただ、友という純白な語をつきつけられたとき、自分の友への思いは、白つつじほどには純粋ではないのではないかと疑ってしまう。

おしなべてという語が曲者である。この語は、「すべて」と「だいたい」という二重の意味をもつ。「おしなべて」とは、「すべて」にほぼ近い「だいたい」のことであるといえるが、このことから、「すべて」の意にたいするわずかな否定の意を含む。ちょうどそのように、白つつじのような「友」という想念は、揺れ動いており、わずかな陰をもつ。だが、太宰のメロスも感じたようなその一点の曇りによって、かえって、友情の篤さと白つつじの白さが強調される。

すすきの総立ちの純粋さは、太郎冠者の介入によってこのようにわずかながら否定されたわけだから、掲句もまた、「(おしなべて)すすき総立ち友を葬れば太郎冠者」の意に読まれるべきであろう。太郎冠者は掲句に不協和音をもたらす。だが、この夾雑物によって、弔意は本物となる。バルト風にいえば、「哀悼」というテーマが、変奏されたわけである。

㈠　ロラン・バルト『エッセ・クリティック』篠田浩一郎他訳、晶文社、一九七二年、一五頁。

大声

本書の論は、「ががんぼやけむりのようなかくれんぼ」の句調が小声であるとするところから始まった。反対に、『二月四日』のなかで最も大きな声で発せられているのは、次の句であろう。

老樹ますます枯れを貫く大胆たれ

表向きは、枯れかかった老樹への激励であり賛歌であるが、これは、小宇宙をつくりだすという意味での一つの俳句作品であるというより、今後ますます「枯れ」を貫くぞという、老いを自覚した俳人のメッセージに近い。この意味で、掲句は、異色の一作である。

私の関心は、むしろ、優れた審美眼をもったこの俳人——お世辞ではなく『二月四日』の百六の選句は自分自身の作品への的確でほとんど客観的といってもいいほどの批評眼を示しているように思われる㈠——が、どのような観点から掲句をあえて選んだのかというところにある。

意思を貫徹するぞというこの宣言は、作句の姿勢にかんしてのものとみてよいであろう。それにしても、この宣言は、次のような矛盾を孕んでいる。つまり、作者は「枯れ」といいながら、まだ枯れきっていない。「枯れ」とは、ふつう、恬淡とした、余分な力が抜けた状態であるのに、掲句は力に満ちている。「貫く」のは「枯れ」であるが、その精力的な大声によって「枯れ」ていることそのものが否定されている。枯れ切った人は叫ばない。こうなると、貫くのは、枯れということよりも、むしろ、大胆である姿勢そのもの、その姿勢を貫こうとする意志そのものであることになるだろう。

では、この姿勢は、宣言どおり貫徹されているのだろうか。それは、喉の奥から絞りだすような小声が大声に匹敵するというのなら、然りであろう。威勢のよい、響きのよい声をだすということではなく、『二月四日』の大胆さは、人間の卑小な暗部を、これでもかこれでもかと掘り下げることに向けられている。この下降は、人間の弱く暗い部分を掘削するという意味で、弱さと同時に強さを前提とする。弱さを剔抉するためには強さが必要であるという意味で、『二月四日』の作者の意志は強靭である。〈梅雨〉の章での「負け犬もわが先をゆく故郷《くに》は梅雨」がそうであった。次もまたそうである。ちなみに、これは、『二月四日』のなかで、唯一つ句読点をもつ句である。(二)

いのこずち忍び笑いの飢え、渇き

声という観点からすれば、大声を出して笑いたいのに、息を抑えて笑う、これが忍び笑いである。衣服にくっついてもそのときは気づかれないというイノコズチの特性が、忍び笑いの間接性を連想させる。

問題は「の」の曖昧さである。そのせいもあり、次の三通りの解釈が可能となろう。「の」で提示されている「忍び笑い」が主語であると読めば、この笑いそのものが、飢えており渇望しているということになる。その抑圧された笑いは、制止されているだけに、大声へと解放されることを欲している。第二に、忍び笑いは、忍び笑いをする人の換喩となっているとみることができる。この場合も、抑制と渇望という点では同じことになるだろう。第三に、「の」が、主語ではなく所有――忍び笑いが飢えや渇きという性質を所有する――を表わすものとしよう。このとき、笑いという行為を句の世界のなかで完結させるには笑いの性質だけでは不十分で、その行為項を、すなわち忍び笑いをする人か忍び笑いをされる人、あるいはその両方を補足的に想定する必要がでてくる。忍び笑いをする人については第二の解釈としていま述べたとおりである。他方、想定されているのが忍び笑いをされていると思っている人である場合、その飢えと渇きは、他の人からの承認の渇望であることになる。

いずれにしても、ここでは、ちょうどイノコズチが衣服に付着する日をこっそり待っているように、笑うという行為が隠微なものになっている。いずれにしても、ここでも、小声と大声は、あざなえる縄のように、絡みあっている。このダイナミックレンジの広さの理由については、次章で考察しよう。

これらの声が絡みあっているのだとすれば、わたしは「ががんぼやけむりのような「かくれんぼ」のようなやわらかい口調は好きだが「いのこずち忍び笑いの飢え、渇き」の穏やかならざる調子は嫌いだ、「老樹ますます枯れを貫く大胆たれ」の馬鹿でかい声は無視したい、というような選り好みは許されないことになる。『二月四日』の世界にあっては、大声がなければ小声がなく、小声がなければ大声もないとさえいってよい。一句々々をみれば、大声の句、無言に近いほどの小声の句はあるのだが、この二つの傾向は、同じ一人の作者のなかで、バイオリズムのように変動し、繰り返えされる。

(一) 自選するときの京武久美の批評眼の確かさ、これは、母の遺品のなかから出てきた「黒艦隊」と、そこから選ばれた『二月四日』を比較したときの印象である。ただし、残念ながら、見つかった「黒艦隊」は、新しい号を中心とした二、三十冊ほどで、号も飛び飛びであった。『二月四日』に編まれることになる時期の号はさほど多くなかった。

(二) 『二月四日』には、句読記号としては、中黒が使われているものもある。その句は漢字だけからなっており、中黒は、漢語の句切りとしてある。すなわち、「休耕田・魑魅《すだま》・禿頭・隙間風」。「大胆たれ」の句で、その大胆さの例として最初に思ったのは、この漢字の句の実験性のことであった。ただ、漢語だけからなる句は、短歌もそうであるが、他の俳句作家にもないわけではない。ちなみに、この句は、あるべき状態、日常的な状態から逸脱したり、変質したりしたものの列挙となっているようである。

わが

俳句を作らない私ではあるが、その昔、高校生だったとき、会員ではなかったのにご好意から「暖鳥」（青森俳句会）の例会に数回ほど参加させてもらったことがある。出席者は、設定された二つの季語――一つは会場に行かなければ分からずその場で句をつくるいわゆる席題でもう一つは前もってあたえられ家でつくっていく宿題――をそれぞれ含んだ句を提出する。句は、無記名で、ワラ半紙を細長く切ったものに書く。皆はそれを短冊と呼んでいた。短冊といえば墨で書くための装飾された厚手の紙のことだとばかり思っていたので、そのペラペラした用紙も短冊であるということに私は新鮮な驚きを覚えた。短冊の句は、集められ、シャッフルされ、会の主催者によって模造紙に清書され、張り出される。参加者は、今度は、書き連ねられた句のなかから、よいと思うものを決められた数だけやはり無記名で選ぶ。その数は全句にわたって累計される。こうして、その席での一位、二位、三位……が決まる。そして、自由な意見交換がなされ、名誉ある句の作者の名が明かされる。

ここからが本題である。あるとき、「わが町云々」という句があった。自由で遠慮のない雰囲気のなかで、年配の男の人が「おいお前、市長かよ」と大きな声でいった。皆が、どっと笑った。「わが町云々」の句を作ったのが誰だったのか、ひょっとして私自身だったのかも含めて、私の記憶はもはやさだかでない。だが、わが町の句をもって市長かよとしたその声の響きだけはいまもはっきりと覚えている。

自分が住んでいる町という意味での「わが」を故意に所有の意味へと捻じ曲げたその論理を、私は全面的に受け入れたわけではなかった（なお今時の市長だったらわが町ではなく私達の町と言うにちがいない）。ただ、その人は、俳句ではむやみやたらに「わが」を使ってはいけないということを言おうとしたのであろう。私は、それなら分かる、と妙に納得した。

それ以来、俳句における「わが」が気になりつづけている。今になって思えばおそらくこういうことなのだろう。

俳句では、ある一句について、特別の断りがもしなければ、その句の世界のなかで対象を見ている者は私であり、行為をしているのも私である。それは必ずしも句を作った個人その人でなくてもよいという意味での仮構の非人称的な主体としての「私」――本書での「作者」は時としてこの意味でも使われている――でありうる。句中に出てくる事物も、指示がなければ、その私が所有しているもの、私と密接な関係のあるもの、あるいは私が見ているもの、聞いているもの、私の近くにあるものであって、他ではない。だから、これといった理由がないならば「わが町」の「わが」は不要である。

このような俳句の基本を『二月四日』の作者が知らないわけはないだろう。この句集では「わが」が多用されているが、そのすべては不可欠なものである。「わが」を含む句を、そのうちの二つについてはすでに論じているが、引用しておこう。

負け犬もわが先をゆく故郷《くに》は梅雨
夏の日やわがやわらかき存在記
すもも咲いて戦争はわが鞄のなか
薔薇咲いてわが骨壷に雲の町

草刈れば鏡に未知のわがくらがり

百六句のうちで「わが」が五回というのは有意であるほどには多くないと思うであろう人のために、『二月四日』には「われ」の語を含むものもまた五句ある（そのうちの一つは漢字の我）ことを付け加えておこう。

この「わが」が指し示す私は、すべて、屈折している。『二月四日』の「わが」は、この意味で、俳句一般の非人称的で潜在的な「私」とは違っている。この屈折は、私の姿が、大きくなったり小さくなったり、不定であることと対応している。この私は、非人称的な私ではなく、自己嫌悪や過剰な自意識そして自己分裂に苛まれがちな、独特な私である。さて、いま挙げた五句のうち、最初の二句についてはすでに論じているから、説明を省く。三句目の「すもも咲いて戦争はわが鞄のなか」では、少年として戦争を体験した作者は——その体験は京武自身の人生と重なる——、その小さなカバンの中に納まっている「戦争」のなかに、さらにまた入れ子状に納まっている。四句目の「わが骨壷」という表現の両義性については次々章〈虹と薔薇〉で考察しなおすが、大切な人が入っている骨壷を膝のうえで抱いている私は、また、雲—

―次章〈母の雲〉でのべるように雲は両親あるいは少なくとも母の住処である――に包まれている。あるいは、私は、想像のうえで、その骨壷の狭い空間に入っている自分を見ている。最後の句では、草の奥にあるように感じられる鏡は、未知の私がもし待ち望まれているものならばこれを大きく、疎ましいものならば小さく映し出すことであろう。心理的鏡の作用とは、このようなものである。

本句集の「われ」がドストエフスキー的に大きくなったり小さくなったりするものであることを最もよく示しているのは、次の句である。

胸過《よ》ぎる蟻一匹がわれの旅

蟻ほどの旅しかしないわれは、卑小な存在である。だが、作者の分身であるこの蟻にとって、わが胸は広大な一世界をなしている。この落差、この屈折が、『二月四日』の口調を大声にしたり小声にしたりする。

少し前にとりあげた「春はねむし束ねて花を扉口《とぐち》に置き」には、小さなものの大望と、大きくならんとするものの小ささがある。私がこの句に感じたバタ臭さ――〈東ねて花を〉の章――は、そのドラマチックな意識の動きから発散されていたもののようである。

母の雲

句集をつうじて、母の字は八箇所で見られる。そのうち、父も母も同時に登場する句が二つある。「天地漕ぐ音して父母のじゃっぱ汁」「母の日も渇筆の父走りおり」がそうである。残る六句では、母だけが詠われている。本章では、その母だけの句の全部を取りあげるわけではない。ここでは、作者にとって母は向こうから来てくれる存在である、ということに論点を絞ろう（ちなみに父は次々章で述べるようにこちらから会いにいかなければならない存在である）。

母と雲とを同時に含む句は、次のとおりである。

全身葉っぱ母の雲ほどの春がきて

来たのは、厳密には春である。ただ、母の雲ほどの春ということから、春の雲と母の雲を同一視してよいであろう。すなわち、母が、春の雲とともにやってきた。全身葉っぱとは、全身がイメージの上で緑色の葉っぱになったとも、とらえることができる。ただ、日本語の慣用からすれば、全身葉っぱだらけになって遊んだ、というときの全身葉っぱ、とみることもできる。いずれにしても、全身葉っぱは、自然と作者との身体上の合一をあらわしている。

また、葉っぱだらけになっての遊びというのならば、そこには、少年時代の体験が入り込んでいると言わざるをえない。だとすれば、作者は、子供のころ夢中になって遊び、衣服を汚し、母に叱られたことなどを思い出しているのかもしれない。

母は、雲からやってくる。つまり、作者にとって、雲は、母の家であり死者の住処である。『一月四日』から読みとるかぎり、作者の母は亡くなっている（ちなみにまた、次々章でとりあげることになるが、作者の父もまた雲の人である）。生者については、ふつう、たましいとは言わないであろう。

夾竹桃母のたましい華麗なり

母は死者であり、雲を住処にしている。だが、母は、その雲からときどき降りてくる。次の句でも、母は、向こうからやって来る存在である。

あめんぼう母来て故郷癒やすかな

だが、いま、帰郷しているのは作者の方こそではないのか。そこにまた、母もやってくるとはどういうことなのかと、私は一瞬、疑問に思った。やはりこれは、母もまた、雲のあたりから故郷へ降りてきたということなのであろう。
また水の底にも母がいるという。

母の五月水底あたりが極楽よ

水面に母の居場所である五月の雲がうつっているとみるのは、穿ちすぎであろう。少なくとも、手の届かないところという意味で、水底は、雲の反転された場所とみることはできるだろう。

母の句はほかにもある。「十薬や沈黙は母の探し物」については〈沈黙〉の章で、「春は純満身創痍母の文字」については〈満身創痍〉の章で、別の新たな観点からのべることにしよう。

虹と薔薇

最初、私は、「虹」や「薔薇」という華やかな響きをもつ語は、暗く重い『二月四日』の作者には相応しくないと思った。これらの語は、句集をつうじて、それぞれ二回ずつ使われている。

一日中惚けいて虹の端にいる
干し鰈むしる思想のような虹
親指ほどの薔薇剪りたくて家を跨ぐ
薔薇咲いていてわが骨壷に雲の町

華やかな語とはいえ、「惚けいて」や「干し鰈むしる思想」の虹は、すでにして、夢や希望という、あの健康な響きを失いかけている。ここから、話をはじめよう。

これは、夕方の東の空にできる気象現象としての虹の話ではないことを、まず、確認しておこう。というのも、われわれは、虹の端にいることはできないからである。空の虹を、われわれは、遠くから眺めることができるだけであり、虹は、光の作用として生ずるわけだから、その現場へ近づこうとすれば別の場所へ移動してしまう、あるいは、気象条件によっては消滅してしまう。

虹に託された夢が、さほど輝かしくみえないのは、手に入りにくいもの、はかないものだからであろうか。一日中惚けていたためにその虹の架け橋を渡りそこねている、虹も褪せかけている、といった状態を思い浮かべたらよいのであろうか。ただ、このような解釈だと、干し鰈で始まる句が分からなくなる。

では、虹とは何であろうか。ここで、虹が、「干し鰈むしる思想」に譬えられていることに注目しよう。この思想は、幾重にも折り畳まれており、これを解きほぐすには干し鰈をむしるような根気が必要となる。つまり、作者は、幾重にも重なり容易には剥がせない思考のかたまりを、「干し鰈むしる思想のような虹」と呼んでいると考えられる。虹には、白色にしかみえない太陽光を様々な波長の色に分解する、プリズムの作用がある。作者が虹という語で思い描いているのは、連続したスペクトルの綾なす層であり、そのような層をなす切れ目のない思想のことであろう。

とすれば、「一日中惚けいて虹の端にいる」は、一日中ぼんやりと考えつづけているが、込みいったその想念の糸口をつかみそこねているという意味になる。ちょうど、近づけば近づくだけ、その分、遠ざかっていく虹のように。

ここにも、詩語の慣用的な使い方への警戒という、『二月四日』の主調低音をなす考え方がみられる。すなわち、表現すべき思想は虹のスペクトルさながら連続的に多彩であるが、思想を言い表すための語彙は貧しく、非連続的にパターン化されている。したがって、俳人は「干し鰈むしる」ような作業を強いられることになる。

とはいっても、美しかったり高貴だったりする「薔薇」こそは、詩語の最たるものではないのか。私には甘ったるいと感じられたのだが、この語を、作者が避けなかったのはどうしてなのか。今の二句での薔薇という語は、私が今までに見たことのない扱い方によって、特別な意味を帯びているに違いない。

バラのコノテーション（共示的意味）は歴史的にも文化的にも広範で、これを一括りにすることはできないであろう。以下の論は、薔薇を、局限的に、虹との関連から論じたものにすぎない。

結論からいえば、ここでいう「薔薇」は、小型の「虹」のことである。虹は、夢や希望であるというよりも、七色に輝いてはいるが手にとることのできない思想のかたまりを意味しているのであった。他方、薔薇は、掴みとることができる虹、てのひらに乗りうるが、ただし、ごくごく小さな虹である。対して、虹は大きな薔薇である。だが、それは、手中にできない、遠くの薔薇である。

両者の比較は、形態の点からも可能である。虹が多彩なスペクトルからなるように、薔薇は、その形において、時として色彩においても、変化に富んだ微細な内部構造をもつ。つまり、『二月四日』の作者にとっては、干し鰈が、ちょうど箸でほぐしていかなくてはならない構造をもっているように、薔薇は、すでにして、襞をもった複合体となっている。

つまり、こういうことである。一般的には、薔薇は、陳腐な詩語である。であるから、この語は、砕かなければ使えないはずである。ところが、『二月四日』の作者にとっては、薔薇は、はじめから内部に虹のような、分解された――少なくとも分解可能な――構造をもっている。実際、幾重にもかさなった薔薇の花びらは、そのような構築物である。

漢字の「薔薇」は、形態上、ばらの花びらとその襞を内部構造のようにしてもっている。『二月四日』の作者は、けっして、バラとかローズとは書かないであろう。バ・ラという表音文字にはそのような構造がないからである。局限すれば、作者が好きなのは、薔薇という漢字、少なくとも、漢字の薔薇である。

話は少しばかり脱線する。本句集の作者は、漢字の形に敏感であり、時として漢字で遊んでいるように、いやそれどころか、漢字の形に触発されて句を作っているとさえ、みえることがある。たとえば、次章でとりあげる「夏杉の揺れざまは鬱父を訪わな」がそうである。「鬱」のなかには「杉」がある。たとえばまた「秋黴雨まことのことば微熱あり」。「黴」のなかには、ほとんど「微」がある。また「黴」から「微」を連想したさいにこぼれた部分、四つの点は、「熱」の脚――れっか――として使われてる。次は、「おもだかの花比喩暮らしとは暗し」である。これは、私にとって解釈しにくい句であった。漢字という点からすれば、おもだかのとがった葉は、「比」の字の形に似ている。「花」の字の草かんむりを除いた部分、「化」も、比の字を、すなわちおもだかの葉を思わせる。この比喩が、「暮らし」とは「暗し」の洒落を導く。話を戻そう。

虹のような思想は雄大だが、手にすることができない。これにたいして、薔薇の花は、てのひらで包むことができるが、矮小である。

親指ほどの薔薇剪りたくて家を跨ぐ

作者は、この小型の虹をわがものとするため、剪定鋏を取りに家の敷居をまたぐ。その薔薇は自分用である。親指ほどの小花を束ねたところで、プレゼント用の薔薇の花束はできないであろう。ただ、自分用の詩歌ほど、高貴なものはない。

句集の冒頭ちかくで、作者は、「春はねむし束ねて花を扉口《とぐち》に置き」と詠った。その扉の向こうには、誰かが、おそらくは詩の女神がいるだろうということを、信じていた時期が作者にはあった。だが、彼はいまや自分自身のために小さな薔薇を切る。ここには、老境への移行を見てとることができる。

老境だからというわけではないが、骨壷の句に移ろう。

薔薇咲いてわが骨壷に雲の町

まず、前々章でもふれたことだが、「わが骨壷」という表現は、二つの意味にとることができそうである。現実的に考えれば、これは、今わたしが持っている、かかえている壷のことであろう。その中には、大切な家族の骨が納まっている。第二には、この壷には、自分自身の骨が入っている、という解釈もありうるかもしれない。自分が自分の死後を、その骨壷までを考えるという状況は、逆説的だが、まったくありえないわけではない。

ここでは、どちらの解釈であろうと、結局は同じであるということにしておきたい。人は、家族の死に、多かれ少なかれ、自身の死をみるものであろうから。

この句には、作者にとって大切なものが二つある。薔薇と、母の住処としての雲である。この雲は、次章でのべるように父の居所でもある。

薔薇と雲＝母、そして骨壷。『二月四日』の作者の重要語の分析をしたあとでは、この語彙群は、いささかにぎやか過ぎる。だが、作者の語彙を知らないものにとっては、それだけに、この句は謎めいてみえるはずである。それもいいだろう。

私には、「わが骨壷に雲の町」だけで、短いながら、充足した一つの句になっているように思われる。「薔薇咲いて」を、作者は、雲のなんたるかを知らない人のための補助的な説明として後で付け加えたのではないだろうか。こうすることによって、小さな薔薇は、壮大な虹となり、骨壷と雲を結ぶ架け橋となる。この架橋によって、薔薇と骨壷と雲が一体化する。

父

同時に父と母が登場するものも含め、母は八句であったが、父のほうは、七句である。本章では、その七句のうち、六句をとりあげる。

作者の母には、前々章でのべたように、向こうから来てくれる、身軽で気さくなところがあった。これにたいし、父は、厳然とした存在である。父にたいしては、丁重に、作者のほうから会いに行かなくてはならない。

夏杉の揺れざまは鬱父を訪わな

あてどなく散歩していると、杉の木立が風にざわざわと揺れている。そのさまを見ていると憂鬱になってくる。そして、作者は、父に会いたいと思う。父ならば、鬱の気分を癒してくれるのではないか、と期待している。だが、事態は、さほど単純ではないようである。鬱な気分の根源にあるもの、それが父なのかもしれない。少なくとも、鬱と風と父のあいだには、何らかの関係がありそうである。

空っ風鬱を育てて父に及ぶ

今度は冬である。空っ風のなか、作者は、憂鬱な気分を、反芻・詮索しているうちに、育てて——すなわち大きくしてしまう。そこにあらわれたのが、父という観念である。父は、鬱を癒してくれるかもしれない存在であると同時に、鬱の発生源であるのかもしれない。これはどういうことなのか。ここには、どうやら、風がかかわっていそうである。

ところで、青森には、吹雪はあるが、空っ風と呼ぶべき冷たく乾いた風はない。であるから、これは、仙台モードの句ということになる。ちなみに、夏杉の方も、決定的証拠はないが、おそらく杜の都、仙台の句である。青森市街では、杉はまれである。

父は、作者にとって、困ったときに助けをもとめるようにして思い浮かべる、先達である。先達である父は、作者に、目標だの義務だのという立派な観念を呼び起こす。だが、作者はいま、散歩をしながら、風を感じているだけである。この散歩者は、冬にあっては、冷たい風を、頬に髪に、手袋をとおして指先に、すなわち体表に、自分の存在の今とここに受けているばかりである。夏にあっては、風がざわざわと杉を揺らすさまを、近くから眺めているだけである。春にあっては、朦朧とした気分でさまようばかりである。すなわち「さすらうは酔いとも鬱とも春霞」。

このようにしてみてくると、作者のいう鬱とは、自分の今とここしか感じられない状態のことである。憂鬱とは、今とここを価値づけるのは今とここだけであるといった円環的、循環的な状態のことである。この状態にある作者には、春霞によって遮られたかのように、遠くを見とおすことができない。遠くにいる父に会いたいと思うのは、この隔絶感からのがれるためである。

風は、皮膚と耳を刺激し、われわれの今とここを指し示す身体現象として感じられる。だが、風の先には風があり、その先には空がある。父がいるように感じられるのは、風の向こう、すなわち空である。からっ風とは、ここでは、空っぽな風であり、空から吹いてくる風である。

鬱を育てるとは、その円環的、循環的、そして閉塞的な状態から抜けでようとする作者のあがきであり、その結果としての状態の悪化である。あがいた結果、父に近づいたようにも思われるのだが、鬱もまた大きくなっている。目標や義務の指標である父の観念を反転させたのが、さすらいであり、無価値な今とここであり、要するに鬱である。この意味では、父こそが鬱の発生源である。

その父は、母と同じあたりに、すなわち空あるいは雲の辺に住んでいる。

天地漕ぐ音して父母のじゃっぱ汁

じゃっぱ汁とは、魚のアラを煮た、津軽の家庭料理のことであるから、明らかにこれは青森モードの句である。汁をかき回しただけで「天地漕ぐ音」がするとは大袈裟であるが、この誇張も、父母の住処が空であり雲であることを思えば納得がいく。

ところで、『二月四日』における父の意味は二様である。一つは、本章でのここまでの例がそうであったような、作者にとっての父親のことである。二つ目は、次のように、作者自身が、子からみた父である場合である。

雪猛る不埒な父で通すつもり

自ら不埒なと言っているように、家長タイプの頑固親父は評判が悪いことを、作者は重々知っている。父親宣言をしているようであっても、ここでは、通すつもりと、その意図が述べられているにすぎない。この意図は、かえって、この不埒な父への対抗勢力がないわけではないことを暗に物語るものである。

私が注目したいのは、むしろ、この不埒な父の循環性、あるいは閉塞性である。頑固親父は、自分の権威の根拠を自分自身におく。俺がそう考えているのだから、そうしろ、お前たちもそう考えろ、という家長的発想には、循環性が、そして同じところをぐるぐる回るという意味で閉塞性がある。作者は、不埒な父という存在の不条理に気づいている。だが、あえてその姿勢を維持しようとする、これが「通す」という語の意味である。

掲句の発想は、〈ガラス瓶〉の章でとりあげた「雪はげしわれを手込めのわれを憎む」に類似している。一方の「雪猛る」は他方の「雪はげし」に対応する。また「不埒な父で通すつもり」は「われを手込めのわれを憎む」のヴァリエーションであると見ることができる。両句とも、冬籠りするものの循環的な閉塞性をあらわしている。

鬱は、この出口のない循環のなかでおおきくなっていった。とすれば、不埒な父で通すつもりという宣言は、子に向けられた権威の執行というより、自分自身にたいしてつぶやいた激励、あるいは、言葉にしてしまったことによる自己規制である。雪が激しくふるなか、肩肘張って頑張りでもしなければ、迷子になったり、意気阻喪したりしてしまうであろう。同じく青森モードの句「雪はげし迷子のつぎは喪志かな」のように。

この二つの父——作者がそう呼ぶ父と作者がそう呼ばれる父——は、つねに截然と区別できるわけではない。たとえば、次の句は、頭を悩ませる。

雪だるま眼鏡曇れば父の世ぞ

私の疑問は、眼鏡曇ればから始まった。眼鏡をかけているのは、雪だるま、それとも作者、どちらなのだろうかと。掲句は、上五で大きく切れるのであるから、雪だるまが提示されたあと、話題は、そして主体も一旦かわる、と考えるのがよいのかもしれない。私がこのような疑問でつまづいたのは、昨今、眼鏡をかけた雪だるまの人形をしばしば見掛けるからである。

作者は、雪だるまを前にして父の世を懐かしんでいる。だが、父の世を偲ぶのに、どうして眼鏡が曇っていなくてはならないのか。これが、第二の疑問であった。

分かっていなかったのは、実は、理解していたつもりの父の世のほうであった。父の世とは、たんに、父の時代、父が生きた時代という意味ではなかった。これは、父というものが幅をきかせた時代のことではないだろうか。この発想をあたえてくれたのは「雪猛る不埒な父で通すつもり」の父である。『新明解国語辞典』(三省堂)で確認すると、はたして、「世」の意味の一つとして、「ある・人(力)が支配する期間。時代。」のこととある。「世が世ならば」というときの「世」である。つまり、こういうことである。

作者は、誰か子供達が作った雪だるまを見ながら、自分の子供時代を思い出している。作者の子供時代とはまた、父が幅をきかせた時代、父の世であった。だが、現在、その雪だるまを作った子供達にたいして作者もまたいわゆる「父」となっている。往年の「父の世」と、作者もその年齢に達したという意味での「父の世」が、一瞬、重なってしまった。「眼鏡曇れば」こそが、このトリックを可能にしている。状況がさらにもっと曖昧な、父と母についての句が、もう一つ残っている。

母の日も渇筆の父走りおり

母の日といいながら、実は、登場しているのは作者の妻であるのかもしれない。もしいるとして、孫の母であるのかもしれない。また、今日は母の日ですというニュースを見ただけだとすれば、母の日だからといって、母がいなくてはならない、ということにはならない。あるいは「母の五月水底あたりが極楽よ」のように、五月の日、母は、雲からその辺りまで出張してきているのかもしれない。

これにしたがって、父もまた、不定となる。ただし、父にかんしては、句から次の二つのことが分かる。一つは、何か書きものを残しているということである。父走りおりとはいっても、走っているのは父の筆致のことで、作者は、母の日、「父」が書いたもの、たとえば、掠れた墨で書かれた色紙や短冊、あるいは手紙を眺めている。

母の日も、とあるから、その文字は、何度もみたものである。もう一つ分かることとは、父の不在である。父は、書かれた文字として存在するばかりで、少なくともその場にはいない。この父は、毛筆の走る線——しかも掠れた線——へと還元されてしまっている。「父」は、象徴的な意味をも含めて死んでいる。実際に亡くなっているのかもしれないし、書斎人として、定年退職者として、家庭の邪魔者として、この世から身をひいているのかもしれない。

母が感謝されるのは、常日頃、走り回っているからであろう。父のほうも、年がら年中、母の苦労がねぎらわれる日にさえ、色紙のなかでだが、走り回っている。父は、母の日にさいして、その筆の動きを見るかぎり、対抗意識を燃やしているようにみえる。だが、母の日も、父は不在である。ちょうど、『二月四日』の作者の父が、訪わなければならない不在者であるように。父は、おそらく、父の日にさえ不在である。「父の日も渇筆の父走りおり」ということもできるだろう

渇筆の父という表現は、ある特定の体験から生じたものなのかもしれない。だが、掲句のこのうえなく曖昧な状況設定のなかから、一般的な父の像が浮かんでくる。

父の語を含む句は、母との同時登場も数えれば、全部で七つであるが、本章では、

そのうちの六句を扱った。残る一句は「浮寝鳥父とは未生の恐れかな」である。これについては、むしろ、〈未生〉の観点からとりあげることになる。

充足感と欠如感

ところで、『二月四日』には、理解するための工夫も味わうための解説もいらない、ただそれだけで歌となっている、単純で、なおかつ、味わい深い句がある。

さくらさくら詩《うた》成せば体澄むばかり

日本語話者であるならばおそらく誰でも知っている「さくらさくらやよいの空は」が、作者の頭のなかで鳴りはじめている。桜の花は、光の作用によって、いわゆるサクラ色の絵の具では表現できないような透明感を示すものだが、詩《うた》によって澄んだ体は、花びらのその透きとおった色感を模倣していく。

作者が、これほどにも一つの伝統的な季語のイメージを、自らの個性から離れて正面から受け止め、掘り下げ、謳った句は、おそらく他にない。体澄むばかりというのにもかかわらず、なおも、澄んだ体は地上から舞い上がり、やよいの空にまで届く。作者が、これほどにも分かりやすい抒情に身をまかせることができたのは、行為の主体を身体にあずけていたからである。

結局、掲句が美しいのは、『二月四日』に特徴的な自意識の屈折や、身体感覚上の自意識とでもいうべき、独特な体の違和感を免れているからである。この一時の休戦こそは、本句集の基底にある個性のあの重苦しさから救われた、深い充足感を可能にしている。作者が、例外的にこのような抒情的な句をつくることもある理由、背景についでは、〈だまされるな〉の章で再考しよう。

次の句も、闇のなかの火の透明感をともなった、同質の充足感をもたらす。

裸と花火したたるかぎり充《み》ちるかな

その句想は、「さくらさくら」とは違って、頭韻を踏む二つの語、「裸」と「花火」、すなわち、肉体という剥き出しになった有機物と、化学反応によって自らの存在を曝け出した無機物、これを並置するという工夫によって伝統性から逸脱する。裸にたとえられ、したたるとされているところから見て、これは、夜空に打ち上げられるあの大輪ではなく、家庭用のシンプルな手持ち花火、吹きだし花火であろう。夕涼みの人たちも、浴衣やTシャツなどを裸のうえにはおっただけの姿で、子供達の遊びに加わっている。

もちろん、裸になっているのは、自らの光を闇に晒した火花それ自体であり、また、洗われたような花火を鑑賞している作者自身の眼である。屈折のない、赤裸の心で花火を見ている瞬間、その心は充足する。

だが、その充足感は、火が「したたるかぎり」という条件によって制限されている。さくらの句での感情の単一性——その唯一性は「ばかり」で強調されている——とは違って、裸と花火の句では、火が消えるとき、それを見ている意識は寸断される。ただし、閃光が失せたあとの闇も、余韻が空虚をうめる。

ところが、同じくしたたるものではあっても、次の句では、作者は充たされない。

てのひらが滴るふゆの遺失物

正直いって、私には、このてのひらが滴るという肉体感覚――冷や汗が滴るというのならまだしも分かりそうなのだがそうは書かれていない――がどんなものであるのか、見当がつかない。花火の句と違って、掲句の場合、滴るのは肉体の一部――てのひらである。遺失物という語からも、それがある種の欠如感であることは想像がつく。ふゆの遺失物とは、何であるのだろうか。その忘れ物としては、滴るてのひらを、あるいは、てのひらからの滴りを考えることもできよう。冬の中、置き去りにされた、崩れゆくてのひらがあり、それは冬将軍の遺失物である、というわけである。

だが、真ん中あたりで句が大きく切れるわけだから、前半部で示された滴りとは違う、何か別の「ふゆの遺失物」がほかにある、と考えたほうがよさそうである。それがどこにあるのか、何であるのか、おそらく、作者にもわからない。探さなくてはならない遺失物があるという落ち着かない感じが、てのひらが滴るという身体感覚によって表現されている、ということになろう。

本句集では、忘れ物――忘れたものは続いて探し物となる――についての句がほかにも二つある。「春の雪誰もが忘れ物して漂う」と「十薬や沈黙は母の探し物」である。この二句については、それぞれ〈春の雪〉と〈沈黙〉の章で論ずることになる。

遺失物に類する語は含まれていないが、欠如感を端的に示している句がある。

　蕎麦すするどこかがこわれている午後なり

午後、蕎麦を賞味するというのは、ふつうのことであろう。ところが、蕎麦を食べながら、作者の舌は、どこかがこわれている感じをとらえた。これは、どういうことなのか。

この句を覚えようとしたとき、私は、最初、誤って「蕎麦すする何かがこわれている午後なり」としてしまった。「どこか」と「何か」の違いである。

私は、京武の俳句で頭がいっぱいな時、食卓でそれを妻に暗誦して聞かせたりした。私は一字一句忠実に「蕎麦すするどこかがこわれている午後なり」と言ったのに、妻もまた、誤って「蕎麦すする何かがこわれている午後なり？」と復唱した。「どこか」を「何か」と間違ってしまうのは、私だけではないことを面白いと思った。どうやら、この句を理解するヒントも、この違いにありそうである。

何かは、探し物の際のあの欠如感をあらわしうる点では、どこかとかわりがない。違いは、どこかという場所の表現は、作者自身の身体を含むのに、何かという物の表現は、作者の体を排除するところにある。自分の体のある部分を指すとき、何かとはいわない。体のどこかが痛いとはいうが、体の何かがかゆいと言うことはない。

つまり、この「どこか」がこわれているという表現は、どこかに見出されるはずの外的対象の崩壊を示唆しているようにみえながら（私も妻もその示唆にしたがって外的対象物である「何か」を思い浮かべた）、実は、それが身体的な違和感でありうることを排除するものではない。いやそれどころか、蕎麦をするという身体行為の瞬間におこったことを思えば、この感覚は、身体的な違和感をこそ外在化してみせたものである、ということになろう。身体感覚上の自意識とでもいうべきこの違和感こそは、午後のどこかがこわれているという崩壊感覚へと広がっていく。

蕎麦は、香りたかく味わい深い食べ物である。それだけに、体調や気分、何らかの条件によって、その味わいが伝わってこないといったときがある。作者にとって、この身体上の違和感には、麺類のなかでもやはり蕎麦が相応しかったのであろう。

満身創痍

さて、〈太郎冠者〉の章では、純粋な想念がかえって『二月四日』の作者を傷つけることについて述べた。また、数章まえの〈母の雲〉の章では、雲がその住処であることについて例示した。前章では、作者の欠如感について言及した。これだけの道具立てをして、はじめて、次の句の解釈が可能であると思われる。

春は純満身創痍母の文字

満身創痍であるのは、作者自身であろう。母、あるいは母の文字が傷ついている、と取れないこともない。だが、それだと、句がピントを結ばない。

母の文字は、ここにいない母の存在そのものの代理である。作者が母の文字を見ているということ、これは、ちょうど「母の日も渇筆の父走りおり」における父親の渇筆がその不在を前提としているのと同じように、母がその場にいないことを含意している。

作者が手にしているのは、実際には、母からもらったかつての手紙であるのかもしれない。それにしても、作者が見ているのは、手紙の内容ではなく、母の代理としての手紙そのもの、文字そのものである。仮に書かれた文の内容をいいたいのなら、「春は純満身創痍母の手紙」とでもしたことであろう。母の文字は、作者に、その文字内容とは別の、形式的な、とはいえ純然たるメッセージ、母は不在であるというメッセージを送っている。だが、それだけであろうか。

結論を言ってしまえば、作者は母の代理であるその文字に、母の要求を読みとっている。存命であろうとなかろうと、不在の母は、遠隔操作によって、離郷者である作者に要求をつきつけてきた。とはいえ、それは、母が作者にこうあってほしいと思っているだろうと作者自身が想像しているところの要求である。

精神分析が不特定多数の人たちを一つの公式で括ろうとするとき、私はこの学に不信の念をいだく。それにもかかわらず、精神分析は、個々のケースに適応可能なヒントをあたえてくれることがある。次の文は、少々長いが、精神分析医ブルース・フィンクからの引用である㈠。以下の論考は神経症者だけに当てはまるものではないだろう。

> 臨床の場では、両親が自分に何を求めたかについて、神経症者たちからあらゆる種類の主張が聞かれる。両親の要望 wants についての彼らの解釈は、しばしば彼らの双子の兄弟や姉妹、他のきょうだいたちの解釈とは著しく異なっている。異なった解釈がきょうだいのそれぞれによってなされるし、たいていそれは、親から分け隔てなく育てられたように見える子どもたちの間でさえ、同様である。以上からはっきりするのは、両親の要望は、決して無条件に「知られる」ことはないという事実である。**それは、ただ解釈され得るのみである。**神経症者は、両親が自分たちのことを愛すべきもの、あるいは、注意を払うに値するものとみなす理由を、同定しようと努める。そしてそれを自分のものとして引き受けようとする。要するに、彼らは自分自身を、両親が自分をこのように見ていると彼らが信じるような仕方で見るのであり、両親が自分をこのように評価している

と彼らが考えるような仕方で評価し、両親が自分にこうなって欲しいと彼らが考えるものになろうと試みるのである。彼らは両親の理想に同一化し、その理想にしたがって自身を判断するのである。

この主張を裏づけるかのように、昭和の後半、いわゆる戦後の子育てにおいては、旧来の封建的な道徳を否定しながらも実のところそれにかわる新しい価値観を確立していなかった多くの親達にあって、子への自分の考えの押しつけを差し控え、子が自分で考え行動しているかのように仕向けるのがよしとされた。私の両親も、こうしてはいけないということについては明言したが、こうしなさいということは稀であった。だからであろうか、私には、親が私を暗示によって導いているように思われた。いや、私自身、ブルース・フィンクのいう神経症者だったのかもしれない。

掲句にもこのような心的メカニズムが働いているのだとすれば、母の文字を前にした作者の満身創痍の痛みは、そこに読みとった母の期待に十分添うことができなかったのではないかという、その不甲斐なさへの忸怩たる思いからくる、といってよい。

こうして、母の文字は、作者に相反した二つの動きをひきおこす。一つに、作者は、ああしろこうしろと、母の代理として言っているようにみえるその文字の要求に、なおも耳を傾けようとする。他方では、これは死んだ文字だ、母は不在なのだと、その声を無視しようとする。偽りであるのかもしれないこの強引な否定が、また、作者を傷つける。

春は純というときの春は、人生のあの一季節、若い季節に通じている。作者の青春の思い出は純であった。ところが、〈束ねて花を〉の章によれば、春はねむしではなかったか。いや、春という茫洋とした季節にあって、志の純と眠さの鈍は、共存しうる。春の純は、青年の鈍でもある。志という語は大袈裟ではないかと思う読者のために、春の句をもう一つ、挙げておこう。

葱坊主志というものはひびくかな

(一) ブルース・フィンク『ラカン派精神分析入門——理論と技法』中西之信他訳、誠信書房、二〇〇八年、九三頁。

春の雪

ここで一息いれ、軽めの句を楽しもう。軽めとはいっても、次の句はやはり、〈充足感と欠如感〉の章でのべた探し物と忘れ物のテーマとかかわっている。だが、その忘れ物は、雪の乱舞のうちに溶けこみ、無毒化されている。

春の雪誰もが忘れ物して漂う

私は、実は『二月四日』を読むまえに、この句だけは雑誌——〈誕生日〉の章で紹介したあとがきどおりだとすれば「黒艦隊」——で目にしたことがある。母が食卓あたりに置いていたのを見つけ、手にしたのが、たまたまその号だったのであろう。

私は、雑誌でみたとき、京武という名前に興味を覚え、この句に、京武とはどういう俳人かというその姿そのものを見ようとした。だが、その姿は、この一句からは見えてこなかった。そのとき、私は、春の雪の舞いすがたと忘れ物を探す様とを結びつけているところに、情感というより、むしろ、機知を感じた。俳句雑誌では、同人の作品を何句かまとめて掲載しているはずなのだが、記憶に残っているのはこの句だけである。

ところで、私は、青森に住んでいた当時、「春の雪」というもののニュアンスが分かっていなかった。一冬かけて降り積もった雪のうえに、春の雪がわずかばかりの重さを加えたところで何ほどのことがあろう、と思っていた。むしろ、春の雪は、私にとって、待ちわびている冬の終わりと逆行する形ばかりの邪魔物、無力で野暮な淡雪でしかなかった。

反対に、大阪や東京などの太平洋側では、人目を引く、雪らしい雪はむしろ春先に降る。北に位置する仙台ではさすがに雪はいつでも降りうる。ただ、地面をおおう仙台の雪も、今になってみれば、根雪でないという意味で、一月であれ二月であれ春の雪の趣——その味わいを知ったのは後になってからである——をたたえていたように思われる。つまり、掲句で詠われているのは、青森の雪ではなく仙台の雪である、ということになる。

　最初に掲句を見たときの微かな不満は、今になって思うに、誰もがという総称に向けられていたのではなかったかと思う。「みな」とか「すべて」とか「何々し尽くす」などといった全部をあらわす表現——ここに「いつも」や「とわに」も時をつうじての一貫性の表現として含めてよいだろう——は、俳句に力強さを、時として、深さをあたえる。だが、実際には、自然現象が足並みをそろえることは稀で、社会現象もまた多様である。一律にみなこれこれだと言い放つ手法は、詠嘆を生じさせる。だがその手法には、対象を均一化してしまう点で、記述としての甘さがある。もちろん、俳句の基本は、描写句でさえ、現象の記述にあるのではないとみるのならば、それもまたよしであろう。

　ところが、誰もが忘れ物して漂う句は一旦さておくとして、『二月四日』の作者は、そのような総称的詠嘆の俳人ではない。たとえば、「梅雨空へのびる樹の目と逢うこととあり」では、ないことも想定されていることで、あることの蓋然性が表現され、「つねに」や「どこでも」が否定される。たとえばまた、「酔うて候／俳句は時に／月明り」でも、「俳句は月明り」の完璧で静的な墨絵の世界が、「時に」の偶然的要素によって分割され、意識化されていくことになる。

では『二月四日』のなかでの例外的に総称的な言い方である、誰もが忘れ物して漂う、とはどういうことであるのか。結論を言ってしまえば、忘れ物という陰鬱な『二月四日』的テーマの暗さが、誰もがそうだという一般化によって中和されている。この無毒化によって、掲句は軽みをおびる。

春の雪の一ひら一ひらが忘れ物をして漂っている。雪だというので、立ちどまったり、小走りになったり、普段とは様子の違う通行人達の、心も体も漂っている。忘れ物のために走りまわらなくてはならないというあの焦りがこのように視覚化されることで、作者の心身の内的忘れ物の違和感は解放されていく。誰もがにおける構成要素の例外のない一致によって、表現は、強度を増すのがふつうであろう。だが、春の雪の誰もが忘れ物して漂う風景の場合、むしろ、浮ついた通行人達の右往したり左往したりする様、また、雪の一ひら一ひらそれぞれに違う舞い姿から、散漫な解放感が生じている。この安堵感、充足感が、春の雪のやさしさと溶けあっていく。

類想句に、

春の雪墓の辺りがにぎやかで

がある。まさか、墓参の人たちが賑やかだといっているわけではないだろう。人のように林立している墓石は、風の障害物となり、その動きを複雑にする。墓のまわりで、右に流れる雪や左にそれる雪、また渦巻く雪が交差し、乱舞する。このにぎやかな様は「春の雪誰もが忘れ物して漂う」の変形であるといってよいだろう。

沈黙

父を含まない純然たる母の句については〈母の雲〉の章で四句、取りあげた。〈満身創痍〉の章では、母の文字についての検討をした。〈父〉の章では両者を含む句を二つ見たが、母の句はもう一つ残っている。

十薬や沈黙は母の探し物

この句を今まで扱わなかったのは、これを、遺失物ないし忘れ物についての論のあとにもってきたかったからである。また、〈一句鑑賞〉でのどくだみについての論のさらなる展開として、この十薬の句に一章を割きたかったからである。

ここで、念のため、十薬はどくだみの別名であることを確認しておきたい。十薬の句には、ほかに「どくだみの明暗に雨不実なり」があり、これについては既に述べたとおりである。『二月四日』の全体を見渡さないでも、どくだみの毒々しい姿かたちを、不実という観念と結びつけることができる。そういう気安さから、私は、一般になされるように、その「一句鑑賞」をしてみたのだった。

ただ、意味は同じようでも、どくだみを十薬といいかえなければ、掲句の「沈黙」がでてこない。少し長くなるが、順を追って説明しよう。

どくだみは、様々な病気に効く民間薬として用いられたことから、十薬と呼ばれるようになった。もちろん、人にいえないような病気にも有効である。治すべきものというより、病気はこっそり民間薬をのんで隠すべきものという考えが、二世代ほど前までは、私の親戚筋にもあったように思う。痔にもよいという。皮膚が痒くなりやすい私も、どくだみ茶を愛飲している。

津川あいが生前、どくだみを庭に植えていれば体にどこか悪いところがあるのではないかと疑われても仕方がない、という内容のことを言ったのを、私はかすかながら覚えている。その母も、鑑賞用からか、いつしか、実家の裏庭にどくだみを植えていた。時代もかわったのであろう。

以上、どくだみとは、不健康な植物——正確にいうならば体の不調にかかわる植物であり、十薬が、病気であることへのコンプレックスからくる秘密のにおいを漂わせていた時代があったことを、まずは、述べておきたかった。十薬から沈黙という語が引き出されてくるのは、この秘密のにおいのためである。

さて、言いたいこと、言うべきことを言わないのが「沈黙」である。掲句において、そのような意味での沈黙、語られなかった言葉を必要としているのは、一応、母である。なぜならば「沈黙は母の探し物」だからである。

ところで、母は、作者にとってのここである、その沈黙の場にはいない。沈黙は母の探し物だというが、母もまたその場にいるのならば、沈黙という探し物は、見つかってしまったことになるからである。沈黙をもって母の探し物だとすることができた以上、母と沈黙の場のあいだには距離があったことになる。

物音一つしない部屋の静寂を、作者は、沈黙であると感じている。沈黙とは、押さえつけられた発話の意志であるが、部屋にいるのは作者ただ一人であり、もとより、対話はありえない。だが、その静けさを、作者は、単なる静寂ではなく沈黙であると感じている。つまり、その空間には、言われなくてはならないのに言われていない言葉が漂っているように感じられている。それが、母の忘れ物とは、母の言葉である。だが、その沈黙——言われない言葉——が何であるのか、作者には分からない。

作者は、母の沈黙——実際には十薬が花瓶に活けられている部屋の静寂——が何を意味しているのかを知りたいと思っている。であるから、母の探し物は、実は、作者の探し物でもある。

母と作者の、沈黙というこの物探しの病は、どくだみのような薬を必要としている。あるいは、反対に、見つかる当てのないこの探し物は、十薬を使用しなければならないような病の存在を指し示している。

前々章〈満身創痍〉でも、作者は、発せられていない母の言葉——沈黙——に、母の要求を読み取ろうとした。同じく不在の母の言葉であるという点で、掲句は、「春は純満身創痍母の文字」に通じている。その要求の声は、純の句では作者を満身創痍にするほどに強く、本章の句では、見つかる当てがない探し物と感じられるほどに聞き取りにくいという違いはあるのだが。

最終的に、母は、その沈黙と要求を、忘れ物として取り戻そうとしている。雲の彼方へ回収しようとしている、と言ったほうがわかりやすいだろう。沈黙を破るためではなく、沈黙の痕跡そのものを消し去るために。この点で、母の声は、作者から遠ざかり始めているのかもしれない。母の声にはもう耳を傾けなくてもよい、従わなくてもよいという気分が作者のうちに芽生えている。これが不実である。この不実においては、掲句の十薬は「どくだみの明暗に雨不実なり」のどくだみに通じている。だとすれば、この不実こそは、十薬を必要としている病、それ以上にまた、十薬が指し示している病である、ということになる。

冒頭

理解しにくい句――ピンボケした写真のように頭のなかで像が結ばない句――に戸惑うという体験は、俳句の読者にとって、おそらく誰にでもあるものであろう。分かりにくさのために読みとばし、捨ててしまわなければならない句というものがある。だが、分かりにくさは、句にとって、マイナス要素であるとはかぎらない。分からないのに、いや、分からないからこそ魅力的な句もある。
次の句は、私を、謎解きの旅へと誘ってくれた。

枯野行けば冒頭に男が靡く景

最初、あわてて、靡くを「みがく」と読んでしまったのは、男は「磨く」ものであるという先入観があったからのようである。だが、「男を磨く」とはいっても「男が磨く」とはいわない。それで、私は、落ちついて読みなおした。

だが「男がなびく」とはどういうことであろうか。「女が靡く」とはいうが「男が靡く」とはふつう言わない。

疑問は次から次へと湧いてくる。男が靡くは、景にかかっている。「男が靡く景」とはなんであろうか。私は、枯野のなかで、風に旗がなびくように、一人の男が遠くでひらひらと舞ってでもいる景色を想像した。だが、男がはためくという動きは不自然だし、これだと、句はピントを結ばない。男のコートが風に靡いているということはありうるだろうが、掲句をこのように読むことはできない。

そこで、男が靡くについての、文法上の問題に首を突っ込むこととなった。つまり、「男が靡く景」とは、そのなかで男が靡いている景のことではなくて、男が（それにたいして）靡いている景の意なのではないか。男が目にしている景色こそは、男が靡く対象である。こう考えることで、掲句は理解できるようになる。

このような解釈もありうるかと、薄々は感じていた。だが、最初、この解釈の路線に踏み込もうとしなかったのには、どうやら、今になって思うに次のような理由があったようである。つまり、「それにたいして」という関係でつながる修飾語句は、欧文脈では珍しくないが、日本語ではさほど好まれない。欧文脈では、前置詞つきの関係代名詞をともなった節がこれに相当する。だが、日本語では、欧文脈でいう先行詞の部分に自動詞句が「それにたいして」の意でかかっていきうるためには、何らかの条件がいるように思われる。今の場合で言えば、「景」に、「男が靡く」（靡くは自動詞である）が「それにたいして」の意でかかっていきうるためには。たとえば、「枝が（それにたいして）伸びる空」はおかしくない。「（それにたいして思わず）手が伸びるお菓子」もぎりぎり可である。だが、「腕が伸びる人形」だと、「（それにたいして）腕が伸びる人形」の意としては不可で、「（引っ張るとその）腕が伸びる人形」の意になってしまう。空は枝をもたないし、お菓子は腕をもたないが、人形は腕をもっているからそうなるのであろう。それで、「景」は、その属性として「男」をもつであろうか。微妙なところである。散歩する作者の視野にはいる景のなかには、男がいる場合もいない場合もありうる。これが、誤読の原因であった。

まとめると、こうなる。私は、最初、男とは景のなかで遠くに見える誰かのことであろうと思った。そうではなくて、男とは、景に靡く男の意であって、作者自身のことである。自分がその景色にたいして靡くそのような景とは、俳人である作者にとって、もちろん、俳句の対象となる景のことである。

ところで、最後に残った疑問は「冒頭に」である。これが「はじめから」の意であることはわかる。だが、私には、枯野を行くという継続的な行為にたいしての、冒頭の語による行為開始の指定がそぐわないように思われた。作者は、枯野をさっきから歩き続けているはずである。これが「枯野行けば」である。ところが、その継続状態において「冒頭に」とは、どういうことであるのか。「冒頭に」というのであれば、枯野に踏み入りとか、枯野を望みのように、対象と接しはじめた時点を詠まなくてはならないのではないか。もし歩いている途中で男を見かけたのならば（もっともこの解釈はいま否定された）、「枯野行けばいきなり男が靡く景」や「枯野行けばふいに男が靡く景」ではないのか……。

冒頭とは、念のために辞書で調べてみると、手紙や小説あるいは演説、式次第という枠のなかでの最初の部分のことである。では、掲句において、冒頭を位置づけている枠とは何であるのか。散歩という一連の流れのこと、あるいは枯野の区間のことであるのか。ある枠が想定されているのだとすれば、やはり、途中経過を思わせる「枯野行けば」と、開始時点を示している「冒頭に」は、不協和音をかもしだしていると言わざるをえないのではないか。

ここで、私の推論は行き詰ってしまった。行き詰るたびに、私は、四十数年前に親しんだ広瀬川の土手のことを思い浮かべた。

仙台に住むようになってはじめて私は枯野のなんたるかを知った。青森にも、枯れた野原がないわけではないが、それはやがて雪に覆われてしまう。広瀬川の土手を散歩するようになって、はじめて、春がくるまで枯れつづける、和歌や俳句でいう本物の枯野にふれた気がした。枯野は、植物の生命の休眠状態、その低下状態を春までさらし続ける。だが、青森で見た枯野は、雪野原へと移行するための仮の姿にすぎなかった。

愛宕大橋の南詰めから広瀬川の右岸に沿って、下流へ向かい、次の橋で左岸に渡り、そのまた次の橋で右岸に戻って帰る（気分によっては右岸と左岸を入れ換えて反対回りをすることもある）。暇なときには、ずっと離れた遠い次の橋まで足を伸ばした。今になって思えば、京武もそこら辺りを歩いた可能性はある。少なくとも、京武が詠んだのと同様の枯野を私も見た、ということだけは確かである。

このような夢想に耽るばかりで、句への理解は一向にすすまなかった。ところが、ケネス・バークの『文学形式の哲学』を読んでいたある日、突然、俳句とは冒頭のみを示す詩である、という啓示をえた。

少し長いが、私にその発想をあたえてくれた文を引用しよう。

理智的で、混み入った権謀術策に富んだ五幕物を計画している作者を頭に描いてみたまえ。作者は、最初に劇の筋を糸巻きに巻きつけておいて、五幕がすすむ間に少しずつその糸を解いていく、といった立場にいるわけである。今仮りに、この劇が第五幕の戦闘の場面でクライマックスに達するとしておこう。劇的一貫性を貫く必要上、作者はこの最後の戦闘の「前兆」をどこかで示しておかなければなるまい。そこで作者は第三幕において最後の戦闘を小規模な形、もしくは主人公同志の激しい口論といった形で提出する。とはいえ、劇的一貫性はなおも戦闘に限られているわけではなく、その他もろもろの点で兆候を必要とするのである。となると第三幕は第五幕の前兆としての役しか果さなくなり、彼は第三幕でなされた約束を第五幕で完全に果すためという単にそれだけの理由で執筆を続けるということにもなりかねない。
他方、権謀術策的要素を最小限にとどめたいと考える「抒情詩的な」構成を想像してみよう。作者が第三幕を完成したとき彼の執筆は終るかもしれない。そして五幕でこの作品を書きあげようという最初の意図にもかかわらず、彼はもはや第四幕および第五幕にまで書き進める意欲を失ってしまうことはおおいにありうることである。というのは第三幕における予表の行為それ自体のなかに約束の履行が暗々裡に含まれているだろうからだ。主人公同志の激しい口論それ自体が第五幕に予定されている大戦闘の「象徴的等価物」でありうるのだ。第三幕は彼が第五幕の終りに実現しようとした文学的な価値の代用物として役立とう。そうなれば詩人はこれ以上筆を進める気にはとうていなれなくなるわけだ。その理由は第五幕の文学的価値が第五幕を予表する第三幕の文学的価値のなかに「圧縮」されて埋め込まれているからである（そして第三幕による予表行為は第五幕との同質化でもある）。(一)
このようにして、もし第三幕のうちに第五幕の「象徴的等価物」があるならば、そしてまた作者が《権謀術策的要素を最小限にとどめたいと考える「抒情詩的な」構成》を好むならば、あえて第五幕まで書きとおす必然性はなくなる。だがもし、仮定をおしすすめて、第二幕がすでに第三幕を予示するものであったなら、その劇詩人にとっては、第三幕も不要であるということになりかねない。さらに、第一幕が第二幕の前兆となっていたとするならば、第一幕だけ、その冒頭だけで十分であるという極論も成立しうる。もっとも、このような極限に至れば、権謀術数的な要素は、最小限に押しとどめられるどころか、微塵も残らないはずである。

俳句は冒頭の文学である。ケネス・バークの論と考えあわせるならば、掲句から、こう考えるにいたったとしても、穿ちすぎではないだろう。少なくとも、俳句には、第二幕も第三幕もなく、第一幕、しかもその冒頭部だけがある。ベートーヴェンの第五交響曲でいえば、「ダ・ダ・ダ・ダーン」だけがある。武満徹にいわせれば(三)、これは偉大なるどもりのテーマである。ベートーヴェンはその主題を展開していく。だが、俳句には続く展開部がない。それだけで面白い主題を作り出すには、ひらめきが、発見が、そして才能が必要であろう。

掲句の作者は、枯野を行き、その景色を眺めているうちに、ひらめいた。ひらめいたのは、もちろん、俳句という冒頭、意識の冒頭、あるいは、冒頭の冒頭とでもいうべき俳句の小さな種のようなものである。そのひらめき性が「冒頭に」で表現されている。で、その「冒頭」はどんな俳句になったか。もちろん、掲句になった。

掲句に特徴的な点。第一に、「枯野行けば冒頭に男が靡く景」は、俳句は冒頭の文学である、という俳句についての論となっている。第二に、この句は、自らの生成過程を語っている。すなわち、作者は、枯野を歩いているうちに、はっと、その景色にひらめく自分——靡く男を感じた。そのひらめきは、俳句の冒頭であり、俳句という冒頭であり、枯野に惹かれた意識の冒頭である。句がひらめいたその意識の動きそのものが句になっている。つまり、掲句は作中作——自らのなかにそのミニチュアとしての作品あるいはその生成過程を含む作品——となっている。このような、作中作としての句は、おそらく、他に例をみないだろう。

なお、冒頭の文学であるということをいいたいがために、俳句を「ダ・ダ・ダ・ダーン」——このテーマは『運命』では次々に展開されていく——に譬えたが、それは、俳句には終わりがないということではない。俳句では、冒頭部が終結部と一致する。「吹けば飛ぶたんぽぽ新鮮に姥捨てへ」。で、その結果はどうなのか、といえば、これで終わりである。終結部も「吹けば飛ぶたんぽぽ新鮮に姥捨てへ」である。俳句は、冒頭の文学であり、同時にまた、終結の文学である。

展開部をもたないからといって、俳句では、経過（二月四日絵本のなかを泳ぎくる）や蓋然性（梅雨空へのびる樹の目と逢うことあり）や屈折（蝶翔てばわれももしかして詩人）を表現できないということではない。俳句は、様々なニュアンスを、冒頭で一挙に提示する。俳句では、始まりが終わりで、終わりが始まりである。

㈠　ケネス・バーク『文学形式の哲学』森常治訳、国文社、一九七四年、三一頁。

㈡　武満徹『武満徹著作集1』、新潮社、二〇〇〇年、六九頁。

エイプリルフール

熟慮の末にというのではなく、気紛れや戯れからふとしてしまう行為というものがある。だが、そのような些細な行為の意味も、年齢とともに変わっていく。以下は、「川の章」のエピグラフをなす句である。三行のままに書き写しておく。

川に落とせば
漂う葉っぱ
四月馬鹿

作者のなかには、まだ、少年の心——すくなくともその記憶——が宿っている。というのも、川に葉っぱを落すというのは、子供時代を模した戯れだからである。そういえば、私自身、子供のころ、畔のわきの小川に、むしった草を流してよく遊んだものだった。どこまで流れていくのか、浮いた草を追いかけてゆくのが私の流儀であった。

ところが、『二月四日』の作者は、老いを意識する年齢に達している。その高齢者が――今や私もその一人である――同じように葉っぱをむしり、川に落としたとしたら……。葉は、水にかつてと同じように浮くことであろうが、ただそれだけである。

それは、分かりきったことである。草の葉が浮き、そして流れるという一連の経過をたどっていくだろうということは、誰でも、子供のころから知っている。四月馬鹿とは、エイプリルフールの別称であるが、嘘をつき、人をかついでもよい日ということだけではなく、漢字のとおり、ここでは、四月の愚者という意味を含んでいると思われる。すなわち、戯れから、結果も効果も分かりきっている一動作をしてしまったおれは馬鹿だなあ、というわけである。この自責の念は、川に葉っぱを落すという行為が子供でもできるほどに容易であることによって、いわば、児戯にも等しいことによって、いや増す。だが、仮にいまこの自嘲を停止させてしまうならば、「川に落とせば／漂う葉っぱ」のみずみずしい情景も、掲句の一つの相として、見えてくるであろう。

この句は、様々な相をもつ。その多層性は、下五の「四月馬鹿」から、結局、自分はなぜ葉っぱを落としたのであろうかという問いから生じている。いや、作者は、何か明確な意図をもってそうしたのではなかった。落した意図は、あくまで曖昧である。だからこその、四月馬鹿である。ただ、事後になって思えば、次のようなことになるであろう。つまり、「川に落とせば／漂う葉っぱ」は、現に起こっている出来事の観察であり、記述であり、あるいは、重力や浮力の法則のことはいわないでおくにしても、経験則の確認であり、ひょっとしてその経験則を先取りした意図であり、過去の体験の回想であり、その体験を再現してみようという試みであるのかもしれないのだが、そのいずれにも限定できない。これらの相の絡みあいから、目の当たりにしている出来事の印象と、自己嫌悪と、回顧の懐かしさとを軸とした様々な感情が生じてくる。

ところで、これは、私にとって、暗記しにくい手ごわい句であった。誤って再現してしまった擬似句とでもいうべきものを挙げておこう。「葉っぱ落せば水に流れる四月馬鹿」。そして「川に流せば漂う葉っぱ四月馬鹿」（この二つを私は元の句の横にメモしておいた）。いずれの場合も、私が思い描いた図では、葉っぱは、最終的に漂いもするが、まず水に浮き、そして川を流れていく。

だが、掲句で、作者は「流れる」という言葉をつかっていない。流れるではなく、漂うである。年端のいかない子供には、葉っぱが漂うという発想はありえないだろう。この「漂う」という語にこそ、作者の思想と年齢がこもっている。

流れは、方向を指し示す。対して、漂う動きは、方向の喪失を意味する。このようにして、掲句は、人間の活動の根底にある、普段はみえない、究極的な無目的性の世界を開示する。四月馬鹿の語によって、批判は、行為の愚かさから、この世の非合理へと及ぶ。無目的性がこれほどにもあらわになったのは、それがいつもとは違った日、エイプリルフール、つまり通常の因果関係を無視しうる日だったからであろう。「春の雪誰もが忘れ物して漂う」の浮遊状態も、作者の目的性の喪失へと通じている。

類想句を挙げておこう。

無花果をもぐや愚直はなまなまし

作者は、イチジクを収穫しようと意図して手を伸ばす。だが、それを手にしたとき、直後に、自分の行為が愚直だったことに気づく。無花果をひねれば、無花果はもげるに決まっているのに、千切ったからである。事後になって否定されたのが、果物をもぐという、実際的でごく自然にみえる意図であり、行為であっただけに、また、もがれたのがイチジクという禁断の果実であっただけに、この愚直さは、葉っぱ落とし以上に「なまなまし」い。この無意味さは、アルベール・カミュのいう不条理へと通じているといってもよいだろう。

かくれんぼ

本書の論は「ががんぼやけむりのようなかくれんぼ」のささやくような調子を賛美することからはじまった。最初、私は、かくれんぼをする主体は誰（あるいは何）であるのかについては宿題としておいた。しかし、本書の読者にとっては、それが、「我」の語によって指し示される存在、いわゆる自我であることは、もはや明らかであろう。

本章では、ががんぼの句を論じなおすことはせず、「我」の語を含んだその類想句を取りあげよう。

花と夕日のがれていたき我が見えず

作者はいま、夕日のなか、花の風景を眺め、その雰囲気にひたっている。のがれていたいと言うのだが、どこからどこへ、のがれるのか。のがれるとすれば、いま目にしているこの美麗な景色のなかへ、それ以外のところから、である。しかし、それだけであろうか。作者は「のがれていたき我」を取り立てて、それが見えないといっている。見えないと言いうるのは、見ようとしているからである。ここから、この我は、それを見ようとしている者——もう一つの我——からのがれようとしている、と読むこともできるだろう。

次に、掲句に読み込まれていないファクターを導入すれば、この我は、煩わしい人間社会からのがれようとしている個である、という解釈が可能である。明示されていない以上、この解釈は、否定することも肯定することもできない。もしそうだとすれば、のがれていたきその我は、社会の一隅でもがいていることになる。だが、この意味に限定してしまえば、掲句に漂っている広がりは消えてしまう。

のがれていたき我が見えずと言ってはいるが、これを頭から信じることはできないだろう。というのも、見られる我は、見る我の分身としてあるからである。見る我は、分身のことを、のがれたがるというその性質までをも含めて、知悉している。自分の分身とは我のことであり、それが見えないというのはほとんどありえないことである。その不可能事が起こっているように感じられる一因は、花と夕日という壮麗な情景にある。

季語である花については、言うまでもないだろう。だが、桜と併置された夕日とは何であろうか。これについては、「きのこ飯たっぷり夕日をのせて食う」が参考になる。この句では、夕日は、きのこ飯の色に合う赤々とした強い光である。夕日ではないが、同じく日をのせて食うものに伊予柑がある。「伊予柑に日を乗せ地獄を剝いている」。ここでの日は、地獄の業火にも比すべき光と熱である。たんに「日」とはなっているが、伊予柑の表面に乗り、そのオレンジ色を映えさせるものとしては、赤光がふさわしいだろう。花は、そのような赤く強烈な夕日とともにある。

要するに、この強と弱の俳人のなかで、花と夕日は、弱と強とのコントラストをなしている。桜は、斜めの陽光を浴びて、透きとおり、いわば表と裏を――明るく浮かぶ花朶と、光が通過したあとの陰の部分とをつくる。のがれていたき我が隠れうるのは、おそらく、この花陰のなかにである。

のがれていたいというのだから、この我の願望は、花のなかに埋没するとき、達成されたといえる。ところが、安らぎにひたっているその我を、片方の我は見ることができないでいるのだという。これがかくれんぼである。もっとも、見えないことこそはのがれるということなのだから、この不在は、作者の願うところでもある。だが、作者は、願い叶ったこのかくれんぼを、第二の我が見えないという一抹の淋しさとして詠う。

のがれている我は、見えずとされているのに、見られていることを知っているに違いない。また、見えないといっておきながら、見る我は、隠れる我の隠れ心地を半ば密かに味わっているのかもしれない……。掲句は、このような作文を長々と続けていきたい気にさせる。それは、「のがれていたき我が見えず」という表現のなかに、還元不可能な、興味深いパラドックスが仕組まれているからであろう。われわれは、この矛盾を、自意識の戯れとして延々と変奏していくことができるはずである。だが、ここで視点を変えたい。

かくれんぼとは言っても、作者は、相手を真剣に探し出そうとはしていない。作者にとってこのかくれんぼは、昔ながらの手のうちの知れたゲームである。その我は、見つからないはずはないにしても、隠れていたいのを作者は知っている。見つからないといっても、確かにいることも知っている。花陰は、適当な隠れ場所であるにしても、絶対に見つからない秘密基地であるわけでもない。であるから、作者は急いで探そうとはしない。この悠揚として迫らぬ態度は、結局、作者の年齢からくるものであろう。かくれんぼをする二つの自我の矛盾をただそのまま遊ばせておくという芸当は、青年にとってはむずかしいはずである。ここには、老練さからくる余裕がみられる。作者はただ「のがれていたき我が見えず」と詠むばかりである。作者にとって大切なのは、差しあたり、花と夕日を楽しむことにあるのだから。

ところで、かくれんぼをするのは、我だけであろうか。実は、かくれんぼの句は、もう一つ残っている。ここで、章をかえよう。

幽明

作者は、「寝坊して師走の魚食う男」とあるように、どうも、魚が好きなようである。遅めの朝食だけでなく、昼食にも煮魚を食べることがある。

煮凝や幽明まひるのかくれんぼ

まず、にこごりという、ゼリー状のあのつるりとした代物が、見ようによっては、どっちつかずの奇妙なものであることに注目したい。それは、固体であるのか、あるいは液体なのかもはっきりしない。魚という生命であったもののエキスであるようでもあり、命とは無縁な均一の物質でしかないようにもみえる。

この気になる塊が、切れ字「や」で提示された後、その食感が中七、下五へと展開されていく。すなわち「幽明まひるのかくれんぼ」。かくれんぼをしているのは誰あるいは何かと問えば、その主体は、素直によめば、幽明である。幽明、すなわち、暗さと明るさ、幽界と顕界——死後の世界と今生の世界——が、まひるのかくれんぼを、まひるに、かくれんぼをしている。

穿った第二の解釈としては、かくれんぼをしているのは「まひる」であるという見方もあろう。この場合、幽明は、主格であることの地位を「まひる」へと譲り、状況をあらわす語となる。今は真昼であるというのに、その昼が、昼ならざるもの——真夜中——と遊んでいる。ひる時であるというのに、冷たい冬座敷のなかでは、光が隅の暗さとかくれんぼをしている。ちなみに煮凝りは冬の季語である。この冷たい座敷のひんやりとしたたたずまいは、「冬の座敷沢庵噛みしこころかな」に通じている。

どちらの場合も、明が幽のなかに、また、幽が明のなかに忍びこむ。これが、かくれんぼである。

幽明を、その字義の一つにしたがって、「暗いことと明るいことと」(『広辞苑』)の意に限定してしまうのは味消しであろう。暗さと明るさの変化のうちに、作者は、「幽界と顕界」(これも『広辞苑』)——あの世とこの世——を見たはずである。少なくとも、そこには、単なる明暗ではなく、「幽」の字にふさわしいような、奥深い気配が漂っている。

ここで、前章とはちがって、同じかくれんぼでも、プレーヤーは我でないことに注目したい。我は、煮凝りの食感を味わい、舌の感覚と結びつけながら、かくれんぼの様を眺めているだけである。作者の我は、「花と夕日のがれていたき我が見えず」の、あの危険をともなったきわどい至福の遊びに参加することなく、傍観している。

幽界と顕界は、追いつ追われつ、同等のゲーマーとしてかくれんぼをしているのだが、作者は、最終的に、両者を同じ比重で感じとってはいない。というのも、読者も作者も、われわれは真昼の世界にいるからである。この世とあの世とのかくれんぼが、昼のさなかに魚を食う生者のまえで、この世の出来事として繰りひろげられている。この奇妙なかくれんぼは、作者を死の想念へと誘う。だが、結局、作者は好物の魚を口にする。しばらくのあいだ幽明のかくれんぼを夢想させた、一塊の煮凝りとともに。

かたち

作者には、その幽界が、どのようにみえたのだろうか。これは、前章との関連からいって、興味のあるところである。たとえば、次の句は死後の語をふくむ。

雲海や死後の象《かたち》で林檎かじる

ただし、本章での関心は、死後だけでなく、それ以上に、「死後の象」というときの「かたち」に向けられている。

さて、作者にとっては、生きながらにしてあの世を体験できる場所がある。雲の上である。雲が（おそらくは亡くなっている）父と母の住処だからである。

高い山を征服し、作者は、雲海を見下ろしながら林檎を食べている。だが、何が

「死後の象」で、それはどんなかたちをしているのであろうか。「雲海や」で句は大きく切れるのであるから、それは、雲海それ自体のことではないだろう。一応、候補としては、林檎をかじる作者の所作・姿勢が考えられる。それにしても、林檎を食べるどのような動作が死後を思わせる、というのか。

死後の象《かたち》。実は、私がわかっていなかったのは、体験しようのない死後のほうである以上に、わかったつもりでいた、象のほうであったように思う。作者があえて「形」ではなく「象」の字をもちいたところに何かヒントがあるような気はしていた。「象」が「かたどる」意であることは、旧約聖書『創世記』の冒頭部の文語訳(第一章二十六節)から知ってはいたが、その知識も、掲句の理解に結びつかなかった。

ところで、話は死後の世界から少々遠ざかるが、本句集に、「象」の語を含む句はもう一つある。ただし、漢字ではなく、今度はひらがなである。

竹林嗚咽のかたち見えてくる

最初、この句は私の好みでないと思った。嗚咽の語から、感傷性がにおってくるような気がしたからである。このとき、私は「かたち」の語を無意味なものとして読み飛ばし、掲句を、「竹林嗚咽、見えてくる」のように受け取っていたのであった。

だからであろう、最初、私はこれを大声の句の部類にいれた。なるほど、嗚咽は、発声装置の最大ボリュームを必要としないが、われわれの耳は、むせび泣きにも、大きな声と同様の力——いつ爆発にいたるかわからないような潜在力——を感じうる。この意味で、掲句の嗚咽は、「いのこずち忍び笑いの飢え、渇き」の忍び笑いに相当するものであると、草稿では書いた。

ちなみに、青森の山には竹薮はあるが、竹林と呼ぶべきものはない。青森に生えているのは根曲がり竹であることを考えれば、真竹を思わせるこの句は仙台モード、ということになる。春、根曲がりの竹の子取りは、竹林の下を物色するというより、むしろ竹薮をこぐという感じでなされる。このとき、青森や秋田で不幸にして熊と遭遇する事故が発生するのは、熊にとっても人にとっても根曲がり竹の若くやわらかい芽——竹の子が好物だからである。私が初めて立派な竹林をみたのは、京武もまたそうではないかと思うのだが、仙台の住人となってからである。ちなみに、青森市には、真竹は自生しないが、植えれば育たないというわけではない。

さて、私は、「死後の象」と「嗚咽のかたち」が、ほぼ同様の「かたち」として使われているのではないかと仮定した。そこで「嗚咽のかたち見えてくる」に「死後」を代入し、二つの句を組み合わせると、

雲海や
死後のかたち見えてくる
林檎かじる

となる。これで、私は、なるほどと思った。生者にとって、死後というものを見ることは難しい。しかし、「雲海や」という状況のもとで、「林檎をかじる」ことをしていると、「死後のかたち見えて」きた、死後というもののきざしが見えてきた。こう考えると、「雲海や死後の象で林檎かじる」での「死後の象で」とは、背を丸くしてとか、しゃがんでなどのある特定の姿勢をとってということではなく、死後のかたちがあらわれているなかで、という意味となる。

象は「かたどる」と読むことを知っていたのだから、私は、このことにもっと早く気づくべきであった。死後という見え難いものをかたちに表して、というのがこの「象」の意味であった。

なお、雲海は夏の季語であるが、林檎は秋の収穫物である。早稲の林檎なのであろうか。いずれにしても、作者にとって、かじるのは、故郷青森特産の林檎でなくてはならなかったのであろう。

象の意味するものが、見えにくいものを見えやすくすること、それこそ「かたち」で示すことであるとすれば、「竹林嗚咽のかたち見えてくる」のほうも見直さなくてはならないだろう。ここで「かたち」と同じくらい重要なのは「見えてくる」である。今まで見えていなかったものが「かたち」となってあらわれる、これが「見えてくる」である。

私はこの句を最初、作者自身が嗚咽してでもいるかのように、嗚咽の気分を竹林に見た、というふうに受け取った。これを感傷的な句とし、号泣でもしているかのように大声の部類にいれたのは、そのためである。

だが、私は、「かたち見えてくる」の部分を読んでいなかった。この表現は、作者の「かたち」の発見を物語るものではあるが、それ以上のこと――たとえば作者もまた嗚咽すること――を言ってもいないし、保証してもいない。「かたち」の内容と、「かたち」の発見者の立ち位置の間には距離がある。この距離は、「死後の象《かたち》で林檎かじる」と「死後、林檎かじる」のあいだでは、さらに大きくなる。作者は、死後のかたちを肌身に感じながらも、冥土の旅をしているのではない。冥土めぐりを疑似体験しながらも、作者は、生者として林檎をかじっている。

風の強い日、竹林の笹は鳴り、幹と幹がカーン、コーンとぶつかりあう。その悲しげな音を嗚咽と聞く。このような淋しい印象から、たとえば「竹林風強き日に嗚咽せり」のような一句を作ることができるかもしれない。だが、『二月四日』の作者は、この種の直情的な――この〈直情的〉という語については次々章で論じなおす――句をことごとく否定していく。

作者は「かたち」および「見えてくる」というメタ的要素を付け加えることによって、俳句というものが赴きがちな素朴さを否定した。掲句は、最初の一詠ではありえたかも知れない直情的な句の、俳句批評となっている。「竹林嗚咽のかたち見えてくる」はその批判の結果としてあるのであろう。私はここに、俳句とは「かたちが見えてくる」ことである、俳句とは「かたち」を示すものである、という作者のメッセージを読みとる。

未生

前々章での幽界と顕界のかくれんぼも、前章での死後のかたちも、この世ならざるものへの関心という点では、同じ一つのものである。次の句を、父の語が含まれているからといって、まさしく〈父〉と題された章で扱わなかったのは、これを、同じく、この世ならざるもの、あえていうならば、もしあるとして、前世への関心という観点から取りあげたかったからである。

浮寝鳥父とは未生の恐れかな

未生の解釈としては、未だ生れていないという文字通りの意味で間に合うかもしれない。ただ、掲句にはこの世ならざるものの要素が入り込んでいることを思えば、これが、仏教用語でもあることを確認しておいたほうがよいだろう。すなわち、父母未生以前を略して、未生という。『日本国語大辞典 第二版』(小学館)によれば、この六文字からなる仏語は、《自分はもちろんのこと、父母もまだ生まれない前の意》であり、また、おそらくその転義なのであろうが、《相対・差別をこえた本来の自己》をいう、ともある。この最後の部分は、『大辞林 第三版』(三省堂)では、もう少し詳しく、《相対的な存在にすぎない自己という立場を離れた、絶対・普遍的な真理の立場》と説明されている。

浮寝鳥については、季語としての一般的なイメージで十分であろう。すなわち、食べることはおろか眠ることさえも水のうえでする冬鳥は、比喩的に《水の上に浮き漂う不安など》(『カラー図説 日本大歳時記』、講談社)として詠まれる。浮寝鳥は、生きることの定めなさ、人生というさすらいの不安定感を表している、といってもよいだろう。

続く「父とは未生の恐れかな」の部分は、一筋縄ではいかない。まず、未生の恐れとは、文法的にみて、未生が主語として何かを恐れるはずはないから、誰かが未生の状態にたいして覚える恐れのことであろう。それが誰であるのかは明示されていないが、句で父に言及している者、その父にたいして子である者、すなわち、句を読んでいる形式上の主体、あるいは、作者であるということができる。

人は、どうして父母未生以前を恐れるのか。これは、『大辞林』でいう《相対的な存在にすぎない自己》から離れたくないから、あるいは《絶対・普遍的な真理》がまぶしいからであろうか。禅では、父母未生以前の観念は悟りへの契機であるようである。では、作者は、悟っていないのであろうか。いや、作者は、「父とは未生の恐れかな」と言っているだけであって、禅的に悟っているかいないかは問題にしていない。とすれば、恐れの理由は、文字通り、「未生」という状態そのもののなかにあるのではないか、と思われる。

未だ生れていないというが、掲句で、生れていないのは誰であろうか。『日本国語大辞典』にしたがえば、未生とは《自分はもちろんのこと、父母もまだ生まれない前の意》であるから、候補は三人である。「母」は、登場していないため、除外してもよいだろう。残るは、「父」と「私」である。仮に父が生れていないのだとして、「父とは父が生れていないことへの恐れかな」では、意味が明確でない。大筋においては前世への関心であるにしても、未生を、自分が生れていないことに限定することで、掲句の輪郭が明瞭となる。すなわち、「父とは私がまだ生れていないことへの私の恐れかな」である。分かりやすくいえば、父とは、父を越えたその向こうには私が存在しない、ということへの私の恐れである。もっとも、父が未生ならば、私も未生なわけだから、この二つの未生は多少とも重なっている。

もし、父が生れていなかったら、母が未生であったら、そして二人が結ばれなかったら、私は存在しなかっただろうという図を、恐怖とともに想像したことのない人は多分いないであろう。たしかに、もしそうであったなら、生れていない私のその恐怖そのものさえないのであるが、そのような考えも、無の恐怖をやわらげはしない。いずれにしても、作者は、私というものの片鱗さえなかった世界を恐れている。

仏語としては父母未生以前であるのに、掲句で、「母とは」ではなく「父とは」になっているのは、どうしてであるのか。もちろん、母が未生であるならば、私も未生なはずである。父も父母も二音であるから、「浮寝鳥父母とは未生の恐れかな」も可能だったはずなのに、母が除かれている。とすれば、句での父は、母にはない役割をもつ人、ラカンでいう象徴界の父のことであると考えられる。すなわち、父とは、法であり掟である。「浮寝鳥」の厳しい環境としては、やはり、母ではなく、父でなくてはならないだろう。作者は、寝食を水のうえでする冬鳥の不安定感、漂う者の不安感に共鳴しているところだからである。こうなると、父の掟は、社会の法であることを越えて、自然の掟となる。

冬鳥という生命を浮かせているのは、水という冷たい物質——非生命である。波のうえで眠らなくてはならない浮寝鳥の不安定性は、この生命と非生命の微妙な駆け引きそのものの表現となっている。その冷たい水のなかに、「私」はいない。だが、未生であったとすれば想像さえできなかったかもしれない過去でありながら、父母未生以前の光景は、冬鳥を浮かばせている波立つ水の風景として、生命と物質のたわむれとして現前している。

作者は、水と冬鳥を眺めながら、宇宙の掟の厳しさに、震えにも似た恐れを覚えている。厳しい自然の掟に、生命を育んだり生まなかったりするその因果に、生み出したその生を存続させたり絶やしたりする権能に恐れおののいている。「未生の恐れ」とは、自分がいなかったかもしれない「未生の懼れ」であるだけでなく、このような未生の掟への「畏れ」である、といってもよいだろう。

雲海の句では、作者は、林檎をかじりながら死後の疑似体験をした。雲のなかでは、死後においてさえ――いや死後であるからこそ、父母が待っていた。だが、本章の句では、作者は、水鳥が作るさざなみを眺めるばかりで、父母未生以前の世界へ踏み入ろうとはしない。私も、父も、母もいない深遠の入り口で踏みとどまっている。その淵は、『二月四日』の作者がのぞき見たなかでおそらく最も深いものとなっている。

だまされるな

句集『二月四日』の最後から二番目に、私にとっては気になる句、やはりそうだったのかと思わせる句がある。

冬ざれの樹間に海光《て》るだまされるな

気になるのは、だまされるなの部分である。もっとも、震災前の句だからといって、海には気をつけろよ、海にだまされるなよと、予知をしているわけではないだろう。

人にはそれぞれ、その前に立つと厳粛な気持ちになる、そういった好みの、気になる風景があるはずである。作者にとって、おそらく散歩の途中で遠くにみえる海の眺めは、そのような特権的な風景であったのだろうと思う。

だが、作者はいま「だまされるな」と思っている。海は、魅力をうしなってしまったのだろうか。幾分はそうであろう。だが、魅力のまったくないものに「だまされるな」と思うであろうか。作者のなかで、いったい、何がおこっているのだろうか。

私自身の言葉をもちいれば、風景の魅力は人を欺く。私は最近つくづくそう思う。そう、風景は人を欺く。だからこそ、作者は、だまされるなと思っている。入道雲を例としてあげよう。少年だった私は、もくもくと湧き、白く輝く入道雲の光景に圧倒されたものだった。湧きあがるその尖端に何かがあるような気がして、私は雲を見上げた。入道雲のことを俳句では雲の峰と言うことを知ってからは、雲の峰——そのほうが壮大な感じがする——とつぶやきながら、山のような雲を見上げた。いつか、その峰にあるものが何であるか分かる時がくるだろうと思いながら。こうして、半世紀ほども経ったが、結局、何の進歩も何の発見もない。分かったことは、入道雲は入道雲でしかないということ、入道雲は入道雲以上のものでも以下のものでもないということだけである。

だまされるとは、海を海以上のものだと思うことである。たしかに、海は遠くに光って、神秘的にみえる。今は冬で、陸上では草も木も枯れている。海だけが意味ありげに光っている。だが、海原は冬木立のカーテンに遮られて、切れ切れにしかみえない。だからこそいっそう、海は神秘的にみえる。そのとき、作者は、だまされるな、と自分に警告する。あやうく、海に海以上のものを付託するところだった。あやうく、だまされるところだった……、と。

このような自戒は、『二月四日』においては、今にはじまったことではない。この「だまされるな」という姿勢は、その作者が、ある種の俳句——私にいわせれば、直情的な俳句——を拒み続けてきたことと対応している。

ここで、直情性という語でもって、私は、ある種の俳句が持つ専制的な魅力、精神を有無を言わせず吸い寄せる横暴な引力のことを言いたい。特定のテーマ——〈存在記〉の章でのべた「しるし」——を中心に構成された句においては、そのテーマが、作者自身をも読者をも、その魅力の中心へと引きずり込み、ついには、それ以外のことを感じられなくしてしまう、ということがある。たとえば夕焼けなら夕焼けが、すべてを茜色に染め上げ、ついには、夕焼け以外のことへの感受性を奪ってしまうということがある。茜色と同質化してしまった精神は、自らに寄り添うようにして、この円環のなかに閉じ込められてしまう。この種のメカニズムで精神を引きつけようとするような句のエキスを、私は、直情性と呼びたい。

その例として、ある俳人——批判が目的ではないので名はふせておく——の手になる句「夕焼けに向かって歩み入る如し」を挙げておきたい。これは、夕焼けが秋ではなく夏の季語だということを聞き、確認した際、見つけたものである。夕焼けにたいする一途な思い入れによって、句をつくった人も、読者もだまされてしまう。

もう一つ、例を挙げよう。掲句で、仮にだが、「冬ざれの樹間に海光る」を強調するような、少なくとも邪魔しないような下五をつければ、初心者ふうの直情的な句が出来あがる。「冬ざれの樹間に海光る散歩かな」のように。残念ながら、投票すれば、多く票が入るのはこの擬似句の方ではないだろうか。

俳句の直情性が成立する条件として、俳句が対象とする風物——海でも、夕焼けでも、入道雲でもよい——を、それ以上のものであると思うことが必要である。それが、だまされる、ということである。ただし、だまされない姿勢とは、海や入道雲を物質として、夕焼けを物理現象として眺めるということではない。海を、水やミネラルなどのそれを構成している物質としてのみ見る——これは、海を全体として眺めないこと、海以下のものとしてとらえることである。

ふつう、夕焼けの情景を光の現象以上のものであると思ったからといって、これを、「だまされる」とはいわない。夕焼けのもの悲しさと懐かしさは、俳句を作らない一般人にとって——大方の俳人にとっても——情緒のレベルの問題である。夕焼けがもたらす情緒は、個人のものであると同時に、文化として、伝統として、季語として共有されている。私は、その共有財産を否定し去ろうというのではない。

問題は、夕焼けなら夕焼けという一つの対象を拡大し、身も心もそのテーマによって染め上げられ、雁字搦めにされてしまうという事態である。この場合には、「だまされる」という言葉が適当である。確かに、俳句の季語には、人を「だます」だけの魅力がある。

本句集の作者は、俳句のそのような直情的な魅力に屈しまいと、できるかぎり、反抗してきたようである。私がそのことを感じたのは、「夏の日やわがやわらかき存在記」と「蝶翔てばわれももしかして詩人」あたりからである。前句では、作者は、何が書かれているかがわからない存在記を持ち出すことで、具体的なテーマについて述べることを巧みに避けている。後句には、作者は、蝶のイメージだけでは詩にならない、というメッセージを忍び込ませる。

作者が、句集をまさに閉じようとしているそのとき、最後から二番目の句として「冬ざれの樹間に海光《て》るだまされるな」を置いたということ、私はこのことを種明かしのように受けとった。掲句は、〈存在記〉や〈蝶翔てば〉の章での私の論が間違っていないことを証明しているように思われる。だまされるな、と明言しているからである。

もっとも、作者もまた、「だまされる」ことがある。ただし、対象の魅力のなかに引きずり込まれるとき、作者は、魅惑される主体を消しさってしまう。かくれんぼの場合がそうである。「ががんぼやけむりのようなかくれんぼ」。あるいは、次の句では主体を、透きとおっていく体へとあずける。「さくらさくら詩《うた》成せば体澄むばかり」

だまされるなと言い続けるのは、俳人にとって、危険なことである。それは、俳句批判、俳人批判をすることにも等しい。というのも、だまされまいとして、俳句から、詩語、とりわけ季語の魅力を振り払うとき、何も残らなくなる、元も子もなくなる危険を冒さなければならないからである。

だまされまいと頑張り続けるのは、つらいことである。それは、冬ざれの樹間にみえる海の光《て》り、世界のそのような光り、すなわち美——精神がそのエネルギーを備給しうる対象——を一切みとめないということである。このとき、世界は味気ないものとなるであろう。

二月四日蒟蒻嚙めば殺風景

これは、『二月四日』を締めくくる句である。この句が、冒頭を飾っている句「二月四日絵本のなかを泳ぎくる」と呼応しあっていることは明らかである。殺風景、これこそは、だまされるなとしている者が行きつかなければならない、苦くほの甘い心境である。

二月四日の句は、冒頭の句も、中程の句「言い負けいて二月四日の山を見る」もだが、季語をもたない、とみることができよう。私は、この日付を、立春とほぼ重なっていることもあって、冬の季題をなす「二月」そのものと同様に、最初、季語のようなものとして受け取った。だが、三六五の日付けの全部を季語とすることには無理があろう。季語は、合意された背景をもたなければならないからである。㈠

二月四日は、既述のように、京武久美の誕生日である。ありふれた日、すなわち三六五日のうちの一日をもって、作者は詩語として機能させた。二月四日の句を、最初と最後に配置したということ、その意義は、二月四日という一個人の誕生日をもって準季語に仕立てあげた点にあるだろう。私は自分の誕生日をもって季語とします、というわけだ。

なお、蒟蒻は、植える時期や開花の時期などについて言うときは季語となる。ただ、食べる蒟蒻に季節感はないようである。

(一) ただし、以上の論は、二月四日の句を歳時記の「二月」の項へ分類することを妨げるものではない。実際問題として、何月何日の句は、その月の句として分類せざるをえないであろう。たとえば、京武久美の「言い負けいて二月四日の山を見る」が、『現代俳句歳時記』（現代俳句協会）で「二月」の句とされているのは、二月四日の見出しがない以上、当然のことである。

伝説（寺山修司）

京武久美という恐るべき俳人がいるということを、生前、津川あいの口から聞いたことについては、〈出会い〉の章ですでに述べた。だが、そのとき、母が寺山修司についても語ったことは、故意に書かないでおいた。若いころ俳句作りにおいて意気投合した寺山と京武ではあったが、結局のところ気質の相異なったこの二人を、比較によって論じたくなかったからである。

母が語ったのは、だいだい、二人は友人関係にあり、若いころから「暖鳥」（青森俳句会）に属していたが、寺山のほうはやめて東京へいってしまった、というようなことである。寺山修司は、俳句を短歌に作りなおした、このことで批判する人もいる㈠、と母は付け加えた。毎月送られてきて家のあちこちに散らばっている（という感じだった）「暖鳥」には、実際、仙台へいってしまったとはいうものの京武の名はあり、寺山の名はもうなかった。
京武と寺山が競うようにして句を作るようになったことは、そのころを生きた青森の俳人たちにとっては周知の事実であろうが、確認のため、久松健一から引いておこう。

高校一年の夏、修司の文学熱をさらに熱くする事件が起きた。親友の京武久美《きょうぶひさよし》（本人が言うように珍しい苗字。しかも「久美」の文字からときに女性と誤解される）のつくった「かっこうの山道遠しふるさとは」の句が地元紙（「東奥日報」）第一位入選として載り、あわせて「我が心消ゆるが如く花火散る」という句が青森俳句会の「暖鳥」（昭和二十六年七月）に掲載されたのである。(二)

久松によると、寺山は以後、京武を追いかけるようにして、そして競うようにして作句、投句をする。数々の高校俳句大会でも、ライバルとして、京武と一位を分けあうこととなる。二人の関係は、寺山修司が歌人として劇作家として名を上げただけに、青森俳壇での語り草となっていったようである。

寺山に関連したことについては、京武自身は、『二月四日』の「著者略歴」で、《高校時代、中学時代からの友人寺山修司と全国十代俳句研究誌「牧羊神」を創刊、編集発行》と書いている。中学とは青森市立野脇中学校（統廃合のため今はない）、高校は青森県立青森高等学校のことである。

さて『二月四日』には、寺山の影を思わせるものとして、次の一句が、ただこの一句だけがある。

万愚節われも伝説のひとりらし

二人の交友関係を知らない読者ならば、伝説といっても、作者は何かの伝説の持ち主であるのだろう、「も」とあるからには伝説の持ち主はほかにもいるのであろうとしか思うことができないはずである。理解はそこまでで、「らし」という推量の複雑なニュアンスまでを読みとることはできないであろう。「らし」は、「われも」とあるように、明白であるはずの自分自身の伝説に向けられている。「らし」は、照れなのであろうか、韜晦なのであろうか、それとも、そろそろ忘れてもいいころだというのであろうか。いずれにしても、作者は「われ」と「伝説」とのあいだに距離を置いている、置こうとしている。

俳人が、俳誌に発表した句の読み手として第一に意識するのは、同じ結社の同人達であろう。仲間であるから「黒艦隊」の同人達は、伝説のことは知っていただろうし、作者自身、知られていることを知っていたであろう。

ところが、個人句集を編むに際して、掲句は、初出の「黒艦隊」の環境から、青森の俳壇から切り離されることとなった。この編纂によって、二人の伝説のことを知らない世代の者にも、青森俳壇の事情を知らないものにも、この句を目にする機会があたえられることになった。もっとも、作者は、この句が理解されないとしても、それはそれでよいと思っていることであろう。

というのも、作者は、もはや伝説の持ち主であることに固執していないからである。掲句に読みとることができるのは、永遠不滅の伝説ではない。「らし」というこのとぼけた推量が前提としているのは、伝説というものは、弱まり、遂には消えてなくなってしまう運命にあるという法則である。伝説は衰退するという作者の思想を、われわれは「万愚節」の語にも読みとることができる。文字の配列によって自分を伝説化しようとする企て、そのための骨折り、こういったものはすべて無駄であるという作者の思想は、「万愚節われも伝説のひとりらし」の「愚」の字によって語られている。同じく四月一日をさすにしても、作者が、エイプリルフールでもなく、四月馬鹿でもなく、万愚節を用いたのは、このような考えを表明するためであったと思われる。

掲句にこういった思想までを読みとるのは牽強付会というものであろうか。いや、私にこのような発想をあたえたのは、『二月四日』の最初の句であった。

韮の花
滅びるものは
翔ちにけり

最初の句ということについては、説明が必要だろう。何度かのべたように、句集は「二月四日絵本のなかを泳ぎくる」で始まる。この冒頭の句の前に、実は、第一章のエピグラフとしての句がある。それが、本句である。つまり、これこそは『二月四日』の最初の最初の句である。

惹かれながらも私は初めこの句を、永遠や瞬間——時間の無時間化ということでは両者は同じものである——を詠う、例のありふれたパターンの句の一つではないかと思った。ニラの白く細かな花が咲いている。その白は、小さな斑点の集まりでしかないとはいえ、夏の薄暮のなかで、いっそう白く、浮き上がってさえみえている。掲句は、その静けさ、安らかさの永遠性を詠ったものである……。だが、この受け取りかたでは何か違うのではないかと、その後、思うようになった。

私がこの句を最初、瞬間のうちに永遠を詠った句の一つと勘違いしたのは、「滅びるものは翔ちにけり」の論理を、無意識のうちに裏返し、「滅びざるもの残りけり」のように読んでしまったからのようである。これだと、残ったものは永遠に滅びない。いや、作者が言っているのは、「韮の花/滅びるものは/翔ちにけり」ということだけである。では、残ったものは何か。これについては言及がない。書かれているのは、滅びるものの消滅だけである。

滅びを見るためには、一定の時間が必要である。十年、人の一生、あるいは父母未生以前にまでさかのぼる二世代三世代程度のスパンが。掲句で、滅びるものも、あとに残るものも、伝説さえもが永遠でないのは、作者が、人間を人間的時間のなかで見ているからである。

(一) 本書の目的は、寺山の、俳句と短歌の関係について論ずることではないが、修司へのそのような批判が存在したことの確認のため、次の文を引用しておく。久松健一は、寺山が「生徒会誌」(旧制青森中学時代の「校友会雑誌」を復活させた青森高校の会誌)に載せた短い評論「林檎のために開いた窓」についてこう述べている。「この評論のなかで、ひとつの句から複数の類句を編み出す草田男の創作の有り様を修司は冷静に読みとっている。のちに自作の俳句を短歌に水増ししたと批判を受ける寺山だが、それがなぜ悪いか、と反発した論拠とも言える論考である」(久松健一「無名時代の寺山修司――「父還せ」に至るまでの文学神童の軌跡――」、『明治大学教養論集』四〇九号、二〇〇六年九月、一〇頁)。

(二) 前掲書、八頁。

最後に

私はここまで『二月四日』について、あれこれと理屈を述べたててきた。俳句は、なんといっても、黙って読み、黙って楽しむのが一番よいのではないか。最後に、私は、一句々々を無心で味わい直すことができたら、と思っている。たとえば、次のような句を。

裸と花火したたるかぎり充《み》ちるかな

ただ、どうして『二月四日』の句を見るとこうもあれこれ分析したくなるのか、自分でも不思議で仕方がない。本句集には、どうやら、私を詮索へと誘う仕掛けがあるようである。無心になろうとするまえに、このことについて考えてみたい。

作者自身、相当な分析家であるに違いなく、その痕跡をこそ、私は分析しているのだろう。一見したところ、深い詩情でのみ詠まれたようにみえる掲句にも〈充足感と欠如感〉の章ですでに述べたような、巧妙な仕掛けがほどこされている。

作者は、素朴でもなく、素直でもない。ただ、素朴さを知らないわけではない。いや、成熟した作者のなかには、少年の、素朴すぎるほどの素朴さがある。次の句には、朴訥の語がみられる。

戦争や朴訥なまで星地獄

本句は、灯火管制が布かれた真っ暗な日、少年が見上げた夜空――見たことのない戦時の夜空を私はただ想像するばかりである――の、身震いするほどに澄んだ星々の思い出の記憶に違いない。朴訥なまでという表現は、見る者を吸い込んでしまいそうな恐ろしい星空、だからこそ夜空を見詰めないではいられない少年の感性、そしてその記憶がなければありえなかっただろう。作者はさほど素直ではないが、ただ、素朴さを、素朴さの記憶を持たないわけではない。『二月四日』では、少年の素朴さと、青年の知性と、老年のかしこさが交錯している。

花と夕日のがれていたき我が見えず

咲き誇る花に見とれる澄んだ少年の眼と、自分自身とかくれんぼをする青年の知性と、見えない我をあえて追いかけない晩年の老練さとが、この句では、重なりあっている。

いま、青年の知性といったが、京武久美は、まさしくそのような知的青年であった。頭でっかちである、とさえ本人は考えていたようである。たまたま見つけた俳誌「青年俳句」第三号㈠に、京武久美、十八歳のときの句が載っている。

麥のぶ頃頭《づ》のみ先だち愚か智慧

愚か智慧であるとは思わないが、自分の知性にたいするこの嫌悪は、矜持でもある。「青年俳句」第五号㈡には「稲雀追ふとも智恵につまづくな」とある。この嫌悪と矜持はその後も続いたようである。次は、『二月四日』の一句である。

一生涯つもる脳糞びわの花

生涯をかけて考えてきたことは、脳の糞にたとえられる。脳糞とは、作者の造語であろう。枇杷は冬に、脳味噌ならぬ、それこそ脳糞のような花を咲かせ、春に向けてそれを実へと太らせていく。冬に雪が降る青森では枇杷は育たない。これは、仙台モードの句、青森では作ることができなかったはずの句である。

その不透明なおりは、作者の思考が、俳句批評と自意識批評を続けてきたことの結果である。作者は、それを「がらくた」と呼ぶ。

がらくたに鍵かけて見る雁の空

鍵をかけるというのは、耳鳴りのように止むことのない意識の声を、不用なもの——がらくた——として、あえて黙らせる、聞かない、ということである。この意識的な無頓着は、一つの知恵となっている。施錠というさりげない動作のうちに、私は、作者の力にあふれた壮年期の終焉と、単調な老年期の始まりをみる。と同時に、「がらくたに鍵かけて見る雁の空」は、古典的な、端正な、墨絵のような佳句にみえてくる。

これを、たんなる情景句としておくことは可能であろうか。不可能ではないかもしれない。すなわち、庭の片隅に園芸のためのスコップやら肥料やらを入れておく物置小屋がある。庭仕事も終わって、がらくた収納のための小屋に鍵をかけ、空を見上げたら、雁が渡っていく。作者は、雁の行方を黙って見送る。掲句は、このようなスナップ写真のようなものにとどめておいたほうが綺麗なのかもしれない。この句は、鑑賞者である私に向かって、下らない分析や理屈はやめて、ただ黙って雁の空を見なさい、一句々々をもうすこし素朴な眼で眺めなさいといっているように思われてもくる。「裸と花火したたるかぎり充ちるかな」にしても、一瞬を撮ったスナップ写真としてのみ受け取りなさい、と。

だが、写真集として、スナップ写真を何枚も並べられたとき、たとえば次の句を読ませられたとき、われわれは、「がらくた」がもつ重い意味に気づく。「がらくた」は物置に仕舞われただけで、なくなってはいない、ということに。

梅咲いてがらくたほどに酔うことも

私は、ここまで、『二月四日』のそれぞれに素晴らしい句を一つ一つ分析することに専念してきた。そのような作業を二十句、三十句と続けているうちに、局所的な発見が少しずつ繋がって、その全体像が見えてきた。たんに、一句を、他の数句を補助にして解釈するという本書での方法のことをいっているのではない。『二月四日』全体から、耳元でぶんぶんと鳴る意識の音とでもいうべきものが聞こえてきた。その音は、句の一つ一つの素晴らしさに反して、必ずしも快いものではなかった。その動きは、たとえていえば、頭のなかで鳴りつづけるブヨの羽音のようなものである。その音は、意識のカスを、作者の言葉をかりれば脳糞を作りだし、堆積させる。

私は、最後にあたって、理屈を弄することなくただ黙って『二月四日』を味わいたいと思った。こうすれば、意味の過剰で沸き立っていた句は、沸騰をやめるであろう。この沈静化は、意識の堆積物に錠を施すことで得られるはずである。句集も終わろうとするとき、作者が、雁の空を見上げるためにがらくたに鍵をかけたのは、やはり、この意識の沈静化の瞬間を待ち望んでいたからであろう。ちなみに、雁の句は、最後から八番目、伝説の句の直前に位置する。

ところで、この句集には、沸騰が沈静化したのではなく始めから沸騰していない静かな句、スナップ写真としてだけ見ることができそうな句が、一つだけある。

鬼灯の地べたにも旅愁雨あかり

この句は、旅行モードとでも呼ぶべき唯一の句である点でも特徴的である。つまり、これは、『二月四日』のなかでも、旅愁の語がみられるように、青森モードでも仙台モードでもないことが明らかな句である。底明るい空のもと、しとしとと降る雨のなかでの情緒が比較的平板であるのは、作者が、望郷モードからも帰郷モードからも解放されているからであろう。この情景は、旅先でのスナップ写真という感じである。作者の意識は、「も」の語にみられるように、ホオズキの赤色として地べたに映っているのだが、照らしあっているばかりで、意識のこの分裂に葛藤はない。見るという行為にともなうこの自然な二重化を別とすれば、掲句はまったくのスナップ写真となる。旅の写真をとるときの気楽さが、雨の日の仄明るさとして、旅愁の救いになっている。

ところで、この小論は、ががんぼの句に引かれることから始まった。

ががんぼや
けむりのような
かくれんぼ

この小声の句も、気楽な旅のスナップ写真のようなものとして読むことができるであろうか。たしかに、その軽く淡い光景は、スナップショット向きであるかもしれない。だが、螺旋状に小さくなっていこうとするその煙の奥から、かすかな疑問が湧起こってくる。かくれんぼをしているのは誰あるいは何であるのか、と。その疑問は次第に大きくなり、「煮凝や幽明まひるのかくれんぼ」へと飛び火していく。

結局のところ、『二月四日』は、素手で、素直な気持ちで読みとおすことのできる句集ではない。そこには、読むものを立ちどまらせ、考えさせる仕掛けがある。そのような密度の濃さを有していること、これが、おそらく、京武久美が自句を自選したさいの基準だったのであろう。

時として見られる句調の低下も、その密度の薄さを意味しはしない。『二月四日』には、小声の句「ががんぼや／けむりのような／かくれんぼ」が、愚直の句「無花果をもぐや愚直はなまなまし」が、意気阻喪の句「雪はげし迷子のつぎは喪志かな」がないわけではない。だが、この小声も愚直も喪志も、相場のようなものであって、句調は底打ちしたあと、再び立ち上がる。『二月四日』の作者は、つねに声をひそめているわけでもなく、いつも愚直なわけでも、絶えず迷子であるわけでもない。ここには、バイオリズムのような変動と繰り返しがある。

本書の論は、「ががんぼや／けむりのような／かくれんぼ」のささやくような声にひかれることからはじまった。小声という様態が、バイオリズムの周期のなかの一位相でしかないからといって、そのひそけさに魅力をおぼえた私の最初の印象をここで訂正しようとは思わない。ただ、その小声は、大声をだすことのできる者の、大声をだしたばかりの者の小声である。このことを忘れなければ、「ががんぼや／けむりのような／かくれんぼ」の小声の調べにただ黙って耳をかたむけるのは、この句の間違った味わい方ではないだろう。いや、一旦、忘れてしまっていいかもしれない。このかがんぼの句における作者の狙いは、どうやら、意識的な自己忘却にあるようなのであるから。

結論として、『二月四日』の句情は、サインカーブのように、上がったり下がったり、様々な位相を示す。その魅力の大半は、カーブがマイナスのほうへと下がったときの、小ささ、弱さ、暗さにある。だが、その魅力は、線が様々な位相を経由したあとでの、マイナス価値であるところからくる。一言でいえば、『二月四日』の作者は、弱の俳人であり、強の俳人である。

なお、本書でとりあげなかった句、論じなかった句が二十あまり残っている。その多くは、たとえば次のように、ただ黙って味わいたかった句、そっとしておきたかった句である。

コスモスやうたた寝のほか流れるだけ

㈠「青年俳句」は、昭和二十九年三月一日、八戸市に発行所を置き、上村忠郎によって創刊された。京武および寺山の青年時代にかかわる貴重な資料の一つ。たとえば、京武は、創刊号に投句した五句に、生涯のテーマとなる「曇る望郷」の表題をすでにしてあたえている。なお、第三号は、昭和二十九年七月五日刊行。

㈡「青年俳句」第五号は、昭和二十九年十二月一日刊行。

あとがき

私は、京武久美という俳人のことを、その経歴にかんするありきたりな若干のことは別として、ほとんど知らない。知らないのに書いたとは、と驚かれる読者がいるかもしれない。知らないから書くといったら、読者は、いっそう驚くことであろう。つまり、こういうことである。

昨年、私は、誰もが、私だったらよく知っているはずだとみなすであろう人、つまり、亡き母の俳句について書いた。『褻月 ―― 文弱の俳人 津川あい』（北の街社、二〇一六年）がそれである。実は、俳人としての母のことはそんなに知らないのであって、私がこれを書いたのは、もっと知りたいと思ったからである。長いこと離れて暮らしていたために、特にその晩年のことはよく知らなかった。

今度は、まったく知らない人の俳句と向き合いたいと思った。それが、京武久美の

『二月四日』であった。そこには、白紙から出発してみよう、という挑戦の気持ちも混じっていた。

私は俳句をほとんど作らない。とはいえ、子供のころから俳句のなかで育ってきた。津川あいが俳句作りに余念がなかった影響である。母が属していた俳句結社の雑誌を私は自由に読むことができた。お酒が好きだった母は、夕食時、気分がよくなると、俳句仲間のことについて延々と話した。話は、彼らの親や子供や、連れ合いのことにまで及ぶ。だれだれの病気だとか、介護だとか、息子の就職だとか、夫婦仲だとか、姑と嫁の問題だとか、とはいえ、たんなるゴシップというよりも、人生のいろいろな苦労、様態を語るというふうであった。私は、雑誌の常連の俳句を、そのものとして、また母の話と重ね合わせながら読むのを楽しみにしていた。

大学生となり、親元を離れても、私は、文庫本となっている句集を買って読んだ。図書館から、俳人の全集のうちの句集の巻を借りたりもした。このようなことをした背景には、今になって思うに、すでに評価の定まった俳人にたいする、暗黙裡の尊敬や、憧れがあったようにおもう。憧れといっても、私自身が俳人になりたいというのではなく、こういった人達の句が、私に、それまで知らなかった新しい感情と感覚を、そして言葉遣いを教えてくれるのではないかと期待してのことだった。だが、その後、西洋かぶれからであろう、私は俳句から遠ざかってしまった。

ある時、ひと夏をフランスで過ごすこととなった。フランス語漬けのなかで母国語を見つめなおすのも一興ではないかと、私は、重量の制限を気にしながらも、日本語で書かれた小さめの本を一冊だけ持っていくことにした。小説は一回読めばそれで終わりである。できれば、スルメのような、少しずつ食べるもの、味の持続するものがよい。だからといって、国語辞典は、読むには味気ない。結局、私がフランスへもっていったのは、一冊の歳時記である。これが、俳句に戻るきっかけとなった。

朝、歯を磨きながら一句を読んだ。靴下をはくまえに次の一句に目をとおした。トイレのまえに、さらにもう一句。こうして、歳時記は私の愛読書となっていった。これを転機として、俳句にたいする私の見方は変わっていったようにおもう。それまで、私は、ただたんに、よい俳句、すぐれた俳句を求めていた。だが、このように歳時記というものを一種の詞華集として読むうちに、よく出来た俳句というものは至る所にある、肝心なのは味わい方であると思われてきた。

そういった俳句の山のなかから、京武久美の句集『二月四日』を選び出し、論ずることになった経緯については、〈出会い〉の章で述べたとおりである。ここでは、その補足もかねて、本書の性格についてふりかえってみたい。

拙著は、なによりもまず、『二月四日』にたいする共感の書である。それこそ共に感ずるという意味での愛着がなければ、本書はなかった。一冊の本の魅力について語るのに、それとの出会いから話しはじめたのは、その出会いの感動を伝えたかったからである。この句集をどのようにして読みすすめていったのか、理解を深めていったのか、誤読を修正していったのかという過程にいたるまで書いたのは、まる一年つづいた『二月四日』体験の様をも描き出したかったからである。それは、ちょうど、ある名山の魅力を紹介するのには、その威容を写し、紅葉の映像をみせ、谷川のせせらぎの録音を聞かせるだけでは不十分で、頂上を征服したレポーターの、汗まみれの、疲れきった、とはいえ満足げな様子を伝えるのが効果的であるのと同じことである。私はこの句集に魅惑された自分自身の姿を隠さなかった、いやむしろ、曝けだした。話がときとして私の個人的な思い出に及んでいるのは、そのためである。

以上のことは、『二月四日』が独自の文学世界を構成していることと矛盾しないだろう。本論の目標は、一言でいえば、その文学空間を批評言語でもって描き出すことであった。この目的のため、作品世界を支える主体たる作者（本書でのこの語の使い方については〈一句鑑賞〉の章を参照のこと）と作品の署名者たる著者京武久美は、一旦、切り離されることになった。とはいえ、作者を軸にして結ばれている世界と、著者が営む現実世界は峻別できるものではないこともまた確かである。このことは、俳句の語彙の多くが、日常語として、歴史と地理を背負っていることからも明らかであろう。

作品世界の中心にいる作者も、著者京武久美と同様、青森の人であり、仙台の人であるとしたことは、俳句の語彙という観点から正当化することができよう。このことについては、〈仙台モード・青森モード〉の章でも述べた。この前提に立ったがために、本書は、風土論の性格も帯びることになった。すなわち、両都市における、雪の降り方、風の吹き方、梅雨のあり方、植物の生え方の違いについても言い及ぶこととなった。

私は、京武久美という人のことを知りたいと思う。ル・クレジオは『物質的恍惚』で、ある一人の男について知りたい場合、訊きたいのは、どんな教養の持ち主かではなく、次のようなことであるという。

彼は〔…〕お昼の食事には何を食べるのか？　今までどんな病気にかかったことがあるか？〔…〕どんな歩き方をするか？〔…〕どんな新聞を読んでいるか？　寝つきはよいか？　夢を見るか？　ヨーグルトは好きか？　母親は誰か？どんな家、どんな界隈、どんな部屋に暮らしているのか？〔…〕たばこを吸うか？　どんな話し方をするか？　どんな癖があるか？　罵られたら、どんなふうに反応するか？　太陽が好きか？　海は？　独語を言うか？　悪癖、欲望、政治的意見はどういうものか？　旅行するのが好きか？　押し売りがだしぬけに訪ねてきたら、どうするか？〔…〕映画は好きか？　どんな服装をしているか？自分の子供たちにどんな名前をつけたか？　身長は？　体重は？　血圧は？　血液型は？　どんな髪型にしているか？　朝、顔を洗うのにどれぐらい時間をかけるか？　鏡で自分の姿を眺めるのが好きか？　どんなふうな手紙を書くか？　隣人、友人たちはどんな人たちか？㈠

教養のある俳人という像は、容易に思い浮かべることができた。だが、以上の『物質的恍惚』での問いという点からすれば、私はほとんど何も知らない。答えられるのは、せいぜい、昼の食事についてだけである。彼は、昼に魚を食べるのを好んでいるようだ。「煮凝や幽明まひるのかくれんぼ」。ソバも食べる。「蕎麦するどこかがこわれている午後なり」。だが、いつも魚やソバを食しているのかどうかは分からない。

それにしても、知らないのに書くとは、と驚かれる読者がいるかもしれない。俳句というものが、直接的な告白であり、一種の日記であるというのなら、その驚きも当然であるだろう。だが、私が句集『二月四日』を読むのは、文学テクストとしてである。

テクストというものは、言表（いわゆる字面）は定まっていても、複数の読みを可能にする。とりわけ、極端に短い形式である俳句の場合、読みの可能性の幅は、小説、詩、短歌などよりはるかに大きいといわなくてはならない。有体にいえば、俳句とは、どうとでも読める魔物である。

では、本書での『二月四日』解釈は、恣意的でしかなかったのであろうか。いや、少なくとも、その解釈は自由であることを許されなかった。一つの句についての解釈は、別の句の解釈によって制限された。最初の自由な読みは、つぎに、この観点から、削除されたり修正されたりしなければならなかった。本書は、一句鑑賞――私は一句鑑賞ならばかなりなことを書けると思っている――を積み重ねたものではなく、あくまで百句鑑賞（厳密には百六句鑑賞）である。一句鑑賞では気軽に言えたであろうようなことが、百句ともなると、書くことができなくなってしまう。この制限は、句集全体への目配りからくる。なるほど、〈一句鑑賞〉の章も設けたが、これは「模倣」（パスティッシュ）としてであるにすぎない。

以上のことは、〈一句鑑賞〉の章で述べた、句の独立性の問題と関係している。『二月四日』の百六句は、互いに独立しているとも、そうでないともいえる。一句々々は、その各々の句のコンテクスト、その句が詠まれている状況を残る百五句に借りてはいないという意味で、それぞれ独立している。とはいえ、この句集には、繰り返し現われるテーマがあるように思われる。全体を見渡したときに浮上してくるそれらのテーマを、今の顕在的なコンテクストとは違う一種の潜在的なコンテクストとみなすことによって、一句々々を読み直す。本論では、そのような手続きがなされている。

この句集には、テーマが――誕生日や離郷・帰郷、自意識や、俳句による俳論というようなテーマがあるとすること自体、恣意的な解釈ではないかという意見があるかもしれない。だが、ここにはテーマとして姿をかえて繰り返し現われ出てくる独自のモチーフがあるということを措定しない限り、本テクストは、一回限りの出来事について述べる、散文的な報告書となってしまう。だとしたら、私は、この句集を繰り返し読むことはしなかったであろう。

京武久美の句集は、弱いようでも強い、強いようでも繊細な文学性を誇るものである。このことを本書において確認したあと、最後に、青年京武久美の影響という観点から、寺山修司の俳句も再点検されてしかるべきである、ということを述べておきたい。これまでも、二人の交友関係は《伝説》として語られてきた。京武の俳句が寺山を鼓舞し、寺山の俳句が京武を刺激したことは、二人をめぐる伝説から、窺うことはできる。ここに見なくてはならないのは、相互影響である。だが、その相互影響が、エピソードとしてではなく、実質的にどのようなものであったかの研究は、十分になされているとはいえない状況にある。

若いころの京武と寺山の句には、類似がみられる。私はその詳細の提示を任とするものではないが、少なくとも、語彙の面での両者の類似は明らかであろう。ためしに、「青年俳句」の創刊号から第六号までのあいだに掲載された、京武の四十五句と、寺山の六十二句㈡を比較してみると、春だの秋だのという基本語彙——何が基本語彙かはむずかしいところである——は別として、キーワードとなりそうな語として、「鷹」「頬」「きりぎりす」「智恵」「雲」「五月」「母」「髪」「自我」「(蹴)つまづく」「道化(る)」「怒り」「落葉」「少女」「薔薇」「麥」が重なっている。

若いころの寺山修司を研究するためには、京武久美は欠かすことのできない俳人である。京武によって寺山を解くだけではなく、寺山によって京武を明かす仕事が必要となってくるであろう。

京武久美の句集『二月四日』が再検討され、多くの人に愛され、今後、俳句の古典として読み継がれていくことを願っている。

最後に、いろいろお世話いただいた北方新社の工藤慶子さんのご尽力にたいして、心から御礼申し上げる次第である。

二〇一七年　初冬

津川廣行

㈠　ル・クレジオ『物質的恍惚』豊崎光一訳、岩波文庫、二〇一〇年、四九～五〇頁。ただし、一部、字句を変えてある。

㈡　ほとんど重複しているものが一句あるため、厳密には六十一句。ただし、その重複は、おそらく、誤植の訂正という意味をもっている。すなわち、「青年俳句」創刊号の「目つむりいても吾を統ぶ月五の鷹」の「月五」は誤植である。修司が、同六号にほとんど同じ句「目つむりていても吾を統ぶ五月の鷹」を載せたのは、誤植訂正を兼ねてのことであろう。ただし、それだけではなく、「目つむりいても」を「目つむりていても」に変えている。

著者略歴

津川　廣行（つがわひろゆき）

1951年　青森市に生れる

1970年　青森県立青森高等学校卒業

1974年　東北大学理学部卒業（物理学）

1982年　関西大学大学院文学研究科博士課程修了
（フランス文学）

2017年　大阪市立大学大学院文学研究科教授　定年退職
（フランス文学）

著書

『ジイドをめぐる「物語」論』（駿河台出版社、1994年）

『象徴主義以後――ジイド、ヴァレリー、プルースト』
（駿河台出版社、2006年）

『ジイド、進化論、複雑系』（駿河台出版社、2016年）

『褻月――文弱の俳人　津川あい』（北の街社、2016年）

京武久美論
――弱の俳人 強の俳人――

著者
津川廣行
発行所
㈲北方新社
〒〇三六―八一七三　弘前市富田町五二
電話　〇一七二（三六）二八二一
印刷
㈲小野印刷所
デザイン
今　雅稔
発行日
二〇一八年五月三十一日
ISBN978-4-89297-253-9